Un phare dans le ciel

Moka

Un phare dans le ciel

Médium poche
11, rue de Sèvres, Paris 6e

Loi numéro 49 956 du 16 juillet 1949 sur les publications
destinées à la jeunesse: mars 1993
Dépôt légal: janvier 1994
Imprimé en France par la Société Nouvelle Firmin-Didot au Mesnil-sur-l'Estrée (25730)

À Cécile,
la maman de ma maman

«Il n'y a aucune raison pour qu'on aime contempler les étoiles, pas plus en tout cas pour qu'on aime ses enfants ou que l'on soit prêt à sacrifier sa vie pour une femme. C'est une des réalités brutes de la nature humaine; à les contempler, l'esprit retrouve le calme, le contentement et un paisible bonheur; l'âme est débarrassée de toutes humeurs malignes.»

Robert Louis Stenvenson
Journal de route en Cévennes

Chapitre 1

Baptiste contempla avec satisfaction la pile de saucisses de Francfort. Elles venaient d'être faites et il avait aidé le patron à cette occasion. Sa mère lui avait encore dit ce matin la chance qu'il avait de travailler à la Charcuterie Principale. Elle ajoutait toujours: «Tu es si jeune.» Mais Baptiste savait qu'elle voulait dire: «Tu es tellement sourd.» Alors, c'était sûrement vrai. Il en avait de la chance.

Tiens, M. Henri. «Bonjour, monsieur Henri, une tranche de jambon?» «Une tranche de jambon, Madame Simone. Pas trop fine.» Est-ce qu'il mangeait autre chose? Les filles parlaient dans le dos de Baptiste. Il le savait, il sentait les vibrations dans l'air. Elles se racontaient encore leurs histoires de filles, enfin, leurs histoires de garçons, plutôt. Adèle devait faire des mines. Et Régine pouffait. Baptiste se retourna. Gagné. Adèle donna un coup de coude à Régine. «Sois pas bête, dit Régine, il est sourd!» Pour elle, cela équivalait à dire qu'il était débile. Elle ne se rendait pas compte qu'il comprenait. Évidemment, il n'entendait pas comme les autres. Mais il devinait en suivant le mouvement des lèvres et même, en tendant l'oreille gauche, celle qui avait un appareil, il percevait les vibrations. Du côté droit, il n'avait jamais rien perçu. Le médecin lui avait mis un appareil, mais il ne semblait pas y croire du tout. Il avait tort. Il entendait de curieux sons, des martèlements, des sifflements et puis... les vibrations. Quand il parlait, Baptiste sentait sa voix résonner à l'intérieur de lui-même. Il ne saurait jamais à quoi ressemblait sa voix. Les gens ne le comprenaient pas toujours, il parlait mal.

Baptiste écouta les pièces heurter le comptoir. Clic, clic. M. Henri avait toujours la monnaie juste. Il devait avoir des piles de pièces chez lui et sortir avec le compte exact pour sa tranche de jambon. Il apparut soudain à Baptiste que Madame Simone était à l'image des saucisses de Francfort. Un gros tas rose avec de la mauvaise graisse. C'était l'idée que devait se faire le patron d'une femme appétissante. Il fallait l'espérer pour lui puisqu'il l'avait épousée. N'empêche qu'il ne ratait pas une occasion de frôler les filles dans l'arrière-boutique.

Baptiste se demandait plusieurs fois par jour s'il était malheureux d'être sourd. Il n'avait pas encore trouvé la réponse. Il essayait souvent d'imaginer sa vie avec deux oreilles en état de marche. Autant essayer d'imaginer qu'il était un chat ou un parapluie ou Indiana Jones. Au moins, Indiana Jones avait le sous-titrage Antiope à la télé, ce qui n'était pas le cas du chat de la voisine. Mais le chat de la voisine, c'était son pote. Probablement grâce aux déchets de la charcuterie qu'il lui ramenait. Il ne croyait pas trop à l'amitié désintéressée de Rintintin. Rintintin, pour un chat, faut oser. La voisine, elle était un peu « spéciale », comme disait sa mère. Parce qu'elle avait un palmier sur son balcon et des meubles en rotin. Mais la vraie raison, c'était que la voisine était allemande et que ça, ça ne passait pas. Grand-père était mort dans un camp de travail en Allemagne pendant la guerre. Sa mère en avait fait un héros. Elle oubliait juste qu'il s'était porté volontaire. N'empêche. La voisine, c'était la seule personne qui prenait la peine de lui dire bonjour dans l'escalier.

Fred, le livreur à domicile, entra dans la charcuterie. Il venait chercher la viande pour le restaurant du Cheval Blanc. De la viande de porc, pas de cheval, blanc ou pas. Baptiste pensait beaucoup. Évidemment, il n'avait que cela à faire. Il y a des gens qui ne pensent jamais à rien. Lui, il avait des milliers de choses dans la tête. Et surtout une, qu'il retournait des milliers de fois dans sa tête : QUAND EST-CE QUE JE VAIS CHANGER DE VIE ?

Pour le moment, cela restait sans réponse.

Fred était en train de s'engueuler avec Madame Simone. Baptiste fit un effort de concentration pour comprendre ce qui se tramait. Mais quand les gens crient, ils n'articulent pas bien.

– J'en ai rien à foutre, Madame Simone ! disait Fred. Si vous ne m'augmentez pas, je me tire !

– Baissez le ton ! commanda Madame Simone en louchant vers les clients.

– J'en ai rien à foutre ! Vous payez avec un élastique, j'en ai marre ! Des sous, ou je me tire !

Le patron pointa son nez hors de l'arrière-boutique.

– Eh bien, allez-vous-en ! dit-il. Si vous croyez que vous êtes indispensable !

– Ah ouais ? répondit Fred. J'aimerais savoir comment vous allez faire sans moi !

– C'est à la portée de n'importe qui de se promener sur une mobylette ! rétorqua le patron.

– Encore faut-il l'avoir sous la main ! Madame Simone a un trop gros cul pour la selle et les filles ne savent pas traverser la rue toutes seules !

Madame Simone fit « oh » avec sa bouche rose. Le patron cherchait désespérément un argument. Ses yeux tombèrent sur Baptiste.

– Et alors, j'enverrai Baptiste !

Sa phrase resta en suspens. Madame Simone et les filles le regardèrent avec stupéfaction. Fred, d'abord surpris, se mit à ricaner.

– Vot' barbaque est pas près d'arriver, avec le sourd !

– On n'a pas besoin d'entendre pour lire un plan ! dit le patron, hésitant.

Baptiste n'était pas sûr d'avoir bien compris. Il bredouilla quelque chose comme « moi ? »

– Alors là, je me marre ! répondit Fred.

– Au moins, lui, il ne s'arrêtera pas au café pour boire un ballon de rouge ! dit le patron.

Fred jeta les clés de la mobylette sur le comptoir.

– Moi, je me marre ! répéta-t-il.

– Et les commandes de la journée ? demanda Madame Simone, toujours l'esprit pratique.

– M'en fous, répondit Fred.

Il sortit de la boutique en lançant un dernier «moi, je me marre».

– Bravo ! dit Madame Simone. Tu pouvais pas t'occuper de ton pâté de lapin et me laisser régler ça ?

– C'est la meilleure ! s'exclama le patron. Ce petit voyou se moque de toi et il faut que je la ferme ?

– Et maintenant qu'est-ce qu'on fait ? Y a le Cheval Blanc à livrer !

Le patron se tourna vers Baptiste puis à nouveau vers sa femme.

– Bon, je vais lui expliquer.

Madame Simone haussa les épaules et prit l'air de quelqu'un qui ne se sent plus concerné.

– Régine, demanda le patron. Toi, il te comprend, non ?

C'était toujours pareil. Au lieu de lui parler à lui, les gens se parlaient entre eux. Baptiste fit un pas vers le patron et dit :

– J'ai compris. Je vais au Cheval Blanc.

– Qu'est-ce qu'il a dit, Régine ?

– Est-ce que je sais, moi ! répliqua Régine.

– Il a dit qu'il allait au Cheval Blanc, répondit M. André, le fleuriste, qui attendait ses rillettes.

Le patron toisa sa femme d'un regard triomphal.

– Tu vois, Madame Simone, il a très bien pigé !

– Qu'il n'oublie pas la viande, répondit Madame Simone, sobrement. Et la facture.

Le patron se renfrogna.

– Ah oui... la facture... Le Cheval Blanc paie à la fin du mois... Comment je vais lui expliquer ça ?

M. André sourit à Baptiste et hocha la tête.

– Mais ce n'est pas utile, n'est-ce pas, Baptiste ?

Baptiste lui rendit son sourire.

– À la fin du mois.

– Qu'est-ce qu'il a dit ? demanda le patron.

– À la fin du mois, répéta M. André. Si vous écoutiez, vous comprendriez aussi bien que moi !

– Pas que ça à faire... bougonna le patron, en repartant vers son pâté de lapin.

Baptiste prit les clés sur le comptoir et la viande. Personne ne se donna la peine de lui souhaiter un bon voyage. Mais cela lui était égal. Il sourit à nouveau à M. André. « Un jour, quand je serai riche, je lui ferai un cadeau », pensa-t-il. Il était sympa, M. André.

En touchant le guidon de la mobylette, Baptiste eut un frisson. Si c'était ça, le bonheur ? En tout cas, c'était plus drôle que de rester dans la charcuterie. Il embraya doucement. Il fallait être prudent avec cet engin. Il n'avait pas l'habitude. Le Cheval Blanc était à cinq minutes. Vraiment une toute petite balade. Mais s'il se débrouillait bien, on lui donnerait d'autres missions. Il ne se souvenait pas d'avoir été aussi excité par quelque chose auparavant... Sauf peut-être la fois où il avait vu par accident un morceau de film porno à la télé. Enfin, ce n'était pas tout à fait pareil... Surtout qu'il s'était pris une claque de la part de sa mère. Là, personne n'allait le gifler.

L'aubergiste du Cheval Blanc n'eut pas l'air surpris. Il signa sa facture et ne fit aucun commentaire. Il dit juste merci. Baptiste ne prononça pas un mot de peur de ne pas être compris.

*
* *

Baptiste était impatient d'apprendre à sa mère qu'il avait eu une promotion : livreur de la Charcuterie Principale. C'était quelque chose, quand même. Mais sa mère n'était pas disposée à l'écouter. Elle était au téléphone avec sa copine Colette.

– Et tu te rends compte ? Cette pimbêche me reproche de passer mon temps à la machine à café ! C'est de ma faute à moi si M. Frémontel me demande six tasses dans la matinée ? Non, je te jure, un de ces jours, je vais lui envoyer ses quatre vérités dans les dents ! Ça va faire mal ! Elle qui n'est pas capable de taper une lettre avec moins de quinze erreurs ! Ça me rappelle, l'aut' matin, M. Frémontel lui a rendu son courrier en lui disant de recommencer! Je buvais du petit-lait, tiens!

Baptiste fit le compte: six tasses plus quatre vérités plus quinze erreurs égale vingt-cinq mots inutiles. Lui, il avait cinq mots très utiles à placer: livreur de la Charcuterie Principale. Si seulement il avait un ami à qui raconter tout ça. Il sortit sur le palier et chercha Rintintin.

– Petit, petit, tss tss tss...

Rintintin s'en foutait qu'il articule mal. Il connaissait sa voix, c'était suffisant. Le chat apparut au tournant du couloir. Il passait sa vie dehors, cet animal. Il s'approcha, le nez en éveil. Mais quand il vit que Baptiste n'avait rien à manger, il retourna à ses occupations de chat de gouttière.

Baptiste s'assit sur les marches, la tête entre les mains. Il y a des moments où l'on se sent très seul. La présence des clés de la mobylette dans sa poche lui ramena le sourire aux lèvres. Il se leva avec une nouvelle énergie. Il allait faire son boulot tellement bien qu'on lui laisserait la mobylette même le dimanche. Voilà. Ça, c'était un plan qui en valait la peine.

Baptiste déchanta le lendemain. La patronne parcourait les petites annonces. Elle voulait un autre livreur. Elle en parlait à tous les clients.

– Et vous ne connaîtriez pas un jeune homme qui...

Contre toute attente, le patron mit un terme à son bavardage.

– Madame Simone, dit-il, je ne vois pas pourquoi on paierait un employé supplémentaire. Je suis sûr que Baptiste fera très bien l'affaire. Hein, mon garçon?

Le patron lui pinça la joue. Baptiste avait horreur de ça mais il fit l'effort d'un sourire.

Madame Simone réfléchit un moment. L'économie d'un salaire. Ça valait le coup d'essayer.

– Je veux bien lui donner sa chance, finit-elle par admettre. Bon, il faut porter sa nourriture de la semaine à la vieille.

«La vieille» était une dame impotente dont Madame Simone avait fait ses «bonnes œuvres». On lui livrait à domicile cinq tranches de jambon, du pâté de foie et du taboulé tous les mardis.

Madame Simone ne manquait jamais une occasion de se vanter de son grand cœur. « Vous pensez, la pauvre vieille, elle ne peut pas se déplacer... Ce n'est pas que ça nous arrange de lui porter sa commande, enfin... Personne ne le fera si je ne le fais pas... Allez... Ça vous fait trente-huit francs cinquante. »

Ça, c'était une balade qui valait le coup. « La vieille » habitait presque en dehors de la ville, dans un pavillon en briques rouges. Madame Simone répéta plusieurs fois de suite à Baptiste qu'il fallait la faire payer le jour même.

Il pleuvait légèrement. Au carrefour de la poste, Baptiste dérapa et retrouva son équilibre de justesse. Il roula moins vite. Il était content d'avoir un casque. Cela lui donnait la sensation d'être un grand coureur. « Hop, en tête des Vingt-Quatre Heures du Mans, Baptiste Rousseau, le nouveau numéro un français sur sa Yamaha... non, plutôt une Honda... » Il s'arrêta à regret devant la maison en briques. Il prit sa commande et la facture et la monnaie que Madame Simone avait pensé à lui remettre. Il sonna à la porte. Rien. Il attendit, recommença. Encore et encore.

Il n'y avait personne ou quoi ? Il n'osait pas partir. Dix minutes au moins qu'il était suspendu à la sonnette. Finalement, la porte s'ouvrit lentement sur une vieille dame qui se traînait sur ses deux cannes. Elle avait l'air fâchée.

– Et alors quoi ? Ça fait vingt fois que je vous crie d'entrer ! protesta-t-elle. Vous ne vous rendez pas compte que c'est difficile pour moi de venir jusqu'ici ?

Baptiste bégaya, lui tendit son paquet, en oublia la facture.

– Je ne vous connais pas, vous ? dit la vieille dame.

Baptiste fit non de la tête et fondit en larmes. Un instant interloquée, la vieille dame fut prise de pitié.

– Allons, allons, mon garçon… Ce n'est pas si grave… Mardi prochain, vous rentrerez directement, c'est tout… D'accord ?

– Oui, madame…

Baptiste allait partir, s'enfuir plus exactement. Mais il vit, du coin de l'œil, que la vieille dame avait dit quelque chose. Il prit une grande inspiration, s'appliqua de son mieux pour parler.

– Je n'entends pas.

– La facture…

Baptiste fut pris de vertige. À une seconde près, il aurait échoué et Madame Simone se serait replongée dans ses petites annonces. Il sortit le papier de sa poche.

– Bon, dit la vieille dame. Là, sur la tablette, il y a de l'argent. Vous voulez bien vous payer ?

Les yeux brouillés, Baptiste fit le compte et rendit la monnaie. Il sentait le regard de la vieille dame sur lui. Il releva la tête.

– Vous êtes sourd, mon garçon ? demanda-t-elle.

Il acquiesça silencieusement.

– Alors, évidemment, vous ne pouviez pas m'entendre…

Elle lui sourit.

– S'il vous plaît, vous voulez bien mettre mes provisions dans mon frigo ? La cuisine est tout droit, devant vous.

Chapitre 2

Baptiste venait de vivre la plus belle semaine de sa vie. La mobylette était la meilleure amie qu'il eût jamais eue, à tel point qu'il lui avait donné un nom, «Bibiche». Il s'autorisait même à l'appeler «chérie» de temps à autre. Tout se passait bien, il avait maintenant ses habitudes, ses itinéraires favoris, et la ville et ses environs n'avaient plus de secrets pour lui.

On dit qu'un malheur ne vient jamais seul et un bonheur non plus. L'ancien livreur, Fred, s'était plaint à son «syndicat», qui se résumait à l'Association des Livreurs Motorisés. On avait essayé de faire pression sur la Charcuterie Principale. En vain. Madame Simone avait vu rouge et avait mis dehors les représentants de l'association. En réponse, tous les livreurs de la ville s'étaient mis en grève. Sans doute espéraient-ils que les commerçants concernés feraient plier Madame Simone. Ils n'avaient pas envisagé une seconde ce qui allait arriver. Au lieu de persuader Madame Simone, ils ne réussirent qu'à la rendre furieuse. Elle avait son petit caractère, Madame Simone. Et voilà qu'elle proposait les services de Baptiste à tous ceux qui protestaient ! Depuis le lundi matin, Baptiste assurait les livraisons de la boucherie Gramont, du marchand de légumes, de la librairie et de la boulangerie Joubert et Fils ! Il n'arrêta pas de la journée. Et c'était merveilleux. On lui faisait même des compliments sur sa diligence, sur la bonne tenue de ses comptes (il avait acheté un carnet à cet effet et notait tout). Pas une erreur, pas un cafouillage. Il nettoyait sa mobylette et il y avait toujours de l'essence.

Le lundi soir, alors qu'il revenait chez lui, crevé mais heureux, il aperçut trois garçons qui attendaient devant sa porte. Son premier réflexe fut la fuite quand il reconnut Fred parmi eux. Puis il pensa que c'était inutile. Ils le retrouveraient n'importe où et il fallait bien qu'il rentre à la maison. Il se félicita d'avoir laissé Bibiche dans la cour de la charcuterie. Il enfonça ses poings serrés dans ses poches et s'avança. Le premier garçon l'apostropha.

– Alors, mon salaud, on est moins fier sans la grosse truie de Madame Simone ?

Baptiste lui fit une réponse totalement inintelligible et arbora un sourire imbécile. Les autres parurent un instant déconcertés.

– Tu crois que tu vas nous piquer notre boulot sans qu'on fasse rien ? demanda Fred.

Baptiste saisit le paquet de chewing-gums au fond de sa poche et leur en offrit, toujours souriant. Il se força à rire comme un débile qui aurait un Q.I. d'environ cinq.

– C'est pas vrai ! dit le troisième garçon. Ils ont engagé un mongolien ! On ne peut même pas lui taper dessus ! Il ne comprend rien !

– C'est dégueulasse ! ajouta le premier. Ils exploitent un pauvre mec ! Je parie qu'ils le paient avec des chewing-gums !

– Il est sourd mais... commença Fred.

Baptiste eut peur que Fred n'ait des soupçons. Évidemment, il le connaissait mieux que les deux autres. Baptiste se tordit le dos à s'en casser la colonne vertébrale, les bras ballants, la tête penchée, la bouche un brin baveuse. Le genre de spectacle qui met tout le monde mal à l'aise.

–Laisse tomber, dit le premier garçon. Il est «ailleurs», celui-là... Mais Madame Simone pourrait bien retrouver de la merde de chien dans sa boîte à lettres demain...

Ils partirent en traînant les pieds, Fred jetant un dernier regard par-dessus son épaule.

–Quand même, maugréa-t-il, c'est de sa faute...

Baptiste se dépêcha de s'abriter dans son escalier. Et là, il fut pris de fou rire. C'était bien la première fois que son handicap lui rendait service! Mais il faudrait qu'il fasse gaffe.

La boutique préférée de Baptiste était la librairie. Il n'y avait pas beaucoup de bouquins chez lui, à part les livres de cuisine que sa mère achetait et n'utilisait jamais. Tous ces livres... il ne se lassait pas de les regarder. Le libraire, M. Blanc, n'était pas vraiment sympathique, il se plaignait tout le temps et gueulait après les enfants qui tripotaient les livres. Il avait toujours une gomme à la main pour effacer les traces de doigts sur les couvertures. Baptiste n'osait toucher à rien malgré son désir. Il y avait surtout un livre qui l'attirait beaucoup: *Léonard de Vinci.* Sur la jaquette, il y avait la reproduction d'un tableau, *La Belle Ferronnière.* Baptiste se demandait ce que pouvaient bien regarder ses yeux bruns, si attentifs, tournés vers sa gauche. En tout cas, ce n'était pas le peintre. Baptiste attendait que M. Blanc lui apporte le paquet pour la directrice de l'école, fasciné par ces grands yeux sérieux. M. Blanc se présenta devant lui et sourit presque en voyant son intérêt. Baptiste ne se souvenait pas de l'avoir jamais vu sourire auparavant.

– La ferronnière, c'est ce cordon qui entoure sa tête, expliqua le libraire en articulant lentement.

– Elle est belle... répondit Baptiste.

– Comme son nom l'indique !

Mais ce n'était pas seulement de la grâce de ce visage dont Baptiste voulait parler. C'était de quelque chose à l'intérieur. Le mystère. Il aurait aimé avoir une amie qui lui ressemble. Ou même simplement une femme qu'il aurait croisée un jour et qui lui aurait permis de rêver sur son image. D'un geste brusque, M. Blanc s'empara du livre et le tendit à Baptiste.

– Tiens, je te le donne !

Baptiste voulut tendre la main mais n'y arriva pas. Il ne pouvait croire que le libraire lui fasse un tel cadeau.

–Vas-y, prends-le !

–Mer... Merci. Je... Merci...

Baptiste serra le livre sur son cœur qui se mit à battre fort. *La Dame est sur mon cœur...*

–Tu pourrais me rendre un service ? demanda M. Blanc.

Baptiste fit « oui » de la tête.

–C'est que j'ai un petit problème... continua M. Blanc. J'ai un client... un très bon client, qui habite sur le causse. D'habitude, il vient en ville quand sa commande est arrivée mais il a une bronchite. Il voudrait qu'on la lui porte, tu comprends... Moi, je n'ai pas le temps. Si tu pouvais y aller, après ta journée de travail. C'est que c'est assez loin.

–Oui, je peux... murmura Baptiste.

–Parfait ! Reviens dès que tu peux et je te remettrai le colis... et la facture... Il faut qu'il paie, hein ? Mille huit cent cinquante francs. Je fais ma journée, rien qu'avec ce client-là !

Baptiste en fut stupéfait. Il y avait des gens qui

dépensaient presque deux mille francs d'un seul coup, rien que pour des bouquins ! Il était curieux de voir à quoi ça ressemblait, un homme qui achetait autant de livres.

*
* *

Sa mère ne protesta pas quand il lui apprit qu'il devait repartir, à sept heures. Tout ce qu'elle trouva d'intelligent à dire, ce fut de demander un livre de cuisine la prochaine fois que le libraire voudrait lui faire un cadeau.

Baptiste vérifia d'abord qu'il n'y avait personne dans la rue qui ait l'air d'un livreur en grève. Puis il sortit prudemment Bibiche qu'il avait planquée sous la cage d'escalier. Le libraire l'attendait avant de fermer. Dès qu'il vit Baptiste, il entreprit de ranger ses livres dans un carton. Baptiste eut juste le temps d'apercevoir quelques titres : *Les Particules élémentaires, L'espace-temps, Le Monde quantique, De l'infiniment petit à l'infiniment grand, Les Interactions fondamentales, L'État d'origine.* Mais, bon sang, qu'est-ce que c'était que ce charabia ? Si les titres étaient déjà incompréhensibles, qu'est-ce que ça devait être dans les textes ! M. Blanc lui tapa sur l'épaule. Ça devait faire un moment qu'il lui parlait.

– Quoi ? demanda Baptiste en sursautant.

– Il faut prendre la route de Saint-Cyprien. Avant le village, il y a un sentier qui va sur le plateau. D'accord ? Si tu fais attention, tu verras la coupole de la route.

– La coupole ?

– Oui, celle de l'observatoire. C'est là où tu dois aller. M. Nathan vit dans l'observatoire. N'oublie pas qu'il doit payer. Tu m'apporteras son chèque demain matin. C'est bien compris ?

– Oui, oui...

M. Blanc lui mit le paquet dans les bras. Ça pesait une tonne. Baptiste eut un mal de chien à le faire tenir sur la mobylette. Saint-Cyprien... Sur le causse. Une méchante départementale en lacets, toute en montée. Ça n'allait pas être rapide, rapide... La nuit tomberait d'ici une demi-heure. Il avait intérêt à trouver avant. Un observatoire. C'était comment, exactement, une coupole ? Un truc en rond ? Bah, il saurait en la voyant.

La route était si raide qu'il avait l'impression de faire du sur place. Il irait plus vite à pied. Où était ce foutu village ? Un plateau, ce devait être plat. Alors, il était encore loin de sa destination. Et brusquement, il l'aperçut. Une coupole qui émergeait entre les arbres. C'était assez drôle, on aurait dit qu'elle était plantée là, au sommet des arbres. Il faisait presque nuit et Baptiste faillit rater le sentier. Il chemina dans le bois et déboucha sur le plateau, une grande étendue à l'herbe rase qui contrastait avec la forêt.

L'observatoire était tout en rond. Même la porte en fer était en rond. Lorsqu'il sonna à l'entrée, Baptiste avait encore le nez en l'air pour regarder la coupole. Il poussa un cri quand cinq doigts s'agitèrent devant ses yeux. Un très vieux monsieur lui faisait des grimaces. Mais vraiment des grimaces.

– D'habitude, c'est moi qui suis dans la lune ! dit le vieux monsieur.

Il commença à rire mais s'étrangla dans une méchante toux.

– Saloperie de bronchite... grogna-t-il. Au fait, vous voulez quoi ?

Baptiste ne le comprit pas. Il parlait dans sa barbe blanche.

–Répétez, s'il vous plaît, je suis sourd.

–Eh bien, ça va être gai! soupira le vieux monsieur. La conversation ne va pas être facile si vous êtes sourd comme un pot et moi en train de cracher mes poumons! VOUS VOULEZ QUOI?

–Ne criez pas! Articulez!

–Ah bon...

Le vieux monsieur fit une gymnastique avec les lèvres tout en murmurant:

–Vous voulez quoi?

Puis il se mit à tousser et ajouta:

–Ceci est totalement ridicule...

–Je viens de la librairie, dit Baptiste. Vous êtes M. Nathan?

–Qui voulez-vous que je sois?

–J'ai vos livres. Ça fait mille huit cent cinquante francs.

Il lui tendit la facture et s'empressa de détacher le carton de sa mobylette.

–Où voulez-vous que je les pose? demanda Baptiste.

–Hein? Vous dites?

–Les livres, où ?

–Là, mettez-les dans un coin…

Baptiste entra dans l'observatoire pendant que M. Nathan se plongeait dans sa facture. Baptiste se débarrassa de son carton et regarda autour de lui. Un escalier descendait et, au bout, dans une pièce éclairée, il aperçut des tas d'instruments bizarres et des tonnes de papiers et des piles de livres. Mais surtout, il était fasciné par la grande lunette qui trônait dans la pièce ronde. La coupole était ouverte sur un quart, et la lunette pointait vers ce petit quartier du ciel bleu-noir.

–Il s'est trompé de vingt-deux francs, constata M. Nathan avec satisfaction.

Il tapa sur l'épaule de Baptiste.

–Le libraire a fait une erreur de vingt-deux francs ! lui dit-il. Il fait toujours une erreur… en sa faveur, cela va de soi ! Il croit que je suis gâteux ! Il doit s'imaginer que j'achète des livres pour équilibrer la table de la cuisine…

–Vous les lisez vraiment ? demanda Baptiste.

M. Nathan resta coi de stupeur un bref moment. Baptiste se sentit idiot et rougit.

–À votre avis ? répliqua M. Nathan.

– Non…

– Non ?

– Je veux dire oui… Ce n'est pas du tout ce que je voulais dire ! hurla Baptiste, désespéré.

– Eh oh ! Moi non plus, je ne pige rien si vous criez !

– Je voulais savoir… reprit Baptiste plus calmement, si vous compreniez ces bouquins-là. Ça a l'air tellement compliqué !

– Mais, mon petit gars, moi je suis astronome. C'est normal que je comprenne et vous non. Chacun son truc… Tenez, par exemple, moi, je ne sais pas monter sur une mobylette.

Baptiste pensa que monter sur une mobylette, c'était à la portée du premier imbécile venu. Comme Fred. Ou un pauvre sourdingue comme lui.

– Ça vous intéresse ? demanda M. Nathan.

Baptiste laissa son regard glisser le long du tube de la lunette.

– C'est beau… dit-il.

C'était comme la Belle Ferronnière… Le mystère. Peut-être que ses grands yeux sérieux étaient perdus dans le cœur des étoiles, comme le bout de cette lunette... Suspendus à ce quartier de ciel bleu-noir.

– Qu'est-ce qu'on voit dans la longue-vue ?

– La longue-vue ! répéta M. Nathan, sidéré.

Puis il éclata de rire.

– Sacrément longue, longue, la sacrée longue-vue !

Baptiste trouvait que M. Nathan faisait un peu savant Cosinus ou professeur Tournesol. Il manquait de dignité.

– Ceci est une lunette, jeune homme ! Un instrument réfracteur à lentilles achromatiques ! Quarante centimètres d'ouverture et un tube de six mètres ! Et croyez-moi, mon garçon, ce n'est pas de la gnognotte comme longue-vue ! Elle porte bien ses soixante-dix ans, non ?

– Elle ressemble à celle dans *Tintin,* vous savez...

Baptiste s'interrompit. M. Nathan allait sûrement prendre très mal ce genre de comparaison.

– Oui, oui... acquiesça l'astronome. *L'Étoile mystérieuse.* Si vous voulez m'emprunter quelques *Tintin*, il y en a dans mon bureau. Mais n'oubliez pas de me les ramener… J'ai un peu la même tête qu'Hippolyte Calys, le directeur de l'observatoire, non ?

M. Nathan leva les bras et s'écria :

– « C'est une boule de feu ! Une ÉNORRRME boule de feu ! La fin du monde, oui !… »

M. Nathan fut saisi par une nouvelle quinte de toux.

– Pas moyen de rigoler avec cette foutue bronchite… En ce moment, j'observe la Lune. Mais elle n'est pas encore levée, la paresseuse. Vous pouvez jeter un œil, si vous voulez. Je crains que vous ne voyiez pas grand-chose, les étoiles sont comme les becs de gaz du bon vieux temps… On ne les allume qu'à heure fixe. Dans une heure ou deux, ça sera très bien.

– Il faut que je rentre, dit Baptiste à regret.

– On vous attend ? Votre petite amie ?

– Ma mère.

– Ah… Vous voulez voir une photo de la mienne ? Non… Je suis idiot, ça ne vous intéresse pas… Bon sang ! Il y a tellement longtemps que… Vous imaginez que je n'ai plus vu ma mère en vie depuis… oui… bientôt quarante ans.

M. Nathan parut si triste tout d'un coup que Baptiste posa la main sur son bras.

– Oh si, montrez-moi sa photo !

M. Nathan sourit. Son visage ridé s'éclaira et Baptiste s'aperçut que ses yeux étaient bleu vif. L'astronome l'entraîna vers l'escalier. Ils descendirent dans la pièce ronde au-dessous de l'observatoire, le bureau. M. Nathan fouilla dans ses piles de vieux livres et en sortit un album de photos rongé par l'humidité.

– Voilà ma maman.

Baptiste regarda la photo couleur sépia. Une belle jeune femme aux yeux bruns et sérieux comme... la Belle Ferronnière. Avec cette douceur en plus dans l'arrondi du menton. « Ma maman. » Baptiste aurait bien voulu avoir une maman comme celle-là. Une maman qu'on appelle toujours « ma maman » quarante ans après sa mort.

– Mon père était médecin, dit M. Nathan en tournant la page. Il voulait que je suive ses traces.

Le père, piégé par le photographe, était raide et étranglé par son nœud de cravate. Malgré l'austérité de ses traits, il n'avait pas réussi à dissimuler l'étincelle dans ses yeux clairs, certainement bleu vif comme ceux de M. Nathan.

– Et vous n'avez pas voulu ? demanda Baptiste. Être médecin ?

– Je l'ai envoyé sur les roses ! Il a adoré ça !

– Quoi ?

– Mon père était du genre qui aime qu'on lui tienne tête, expliqua M. Nathan. Quand je suis devenu astronome, il a englouti sa fortune, considérable pour l'époque, dans ceci...

M. Nathan fit un geste large.

– L'observatoire ?

– Eh oui ! Et la lunette ! Une fortune, jeune homme ! Rien que pour moi...

« Moi, je n'ai pas de père », pensa Baptiste. « Et je n'ai pas sa photo. Je ne connais même pas son nom, encore moins son visage. »

– Tout le monde lui avait dit que c'était de la folie, continua M. Nathan. Ça le faisait rire ! Il répondait toujours en racontant l'histoire de ce père qui avait travaillé toute sa vie pour que son fils puisse peindre. Il savait que son fils était un génie et il s'était dévoué corps et âme pour lui.

– C'est une histoire vraie ? demanda Baptiste.

– Bien sûr ! Celle d'un homme qui peignait la lumière... William Turner.

Baptiste avait appris trop de choses dans une seule journée. Turner. Il faudrait qu'il cherche ce nom dans les livres d'art de la librairie. Un homme qui peint la lumière. Des pères qui se sacrifient pour leurs fils. Une Belle Ferronnière. Et... « ma maman ».

– C'est de l'amour, dit Baptiste, comme s'il posait une question.

M. Nathan sourit doucement.

– L'amour, c'est croire en l'autre... murmura-t-il.

Chapitre 3

Il avait dit: «Revenez saluer la Lune quand elle se lève, ronde et dorée comme une miche de bon pain... appétissante et prometteuse... jeudi.»

Il avait dit: «Vous repartirez quand Vénus, à l'est, émerge des eaux du ciel... deux heures avant que le Soleil nous joue la star...»

Baptiste avait ri, bien sûr, à ce jeu de mots sur star et étoile. Avant de quitter cet univers en rond, il avait jeté un dernier regard affamé à ces instruments pointus, sphériques et cuivrés dont il ignorait l'usage et l'appellation. Il n'avait pu que voler un nom en passant, celui sous une photo couleur sépia: *Cécile.* Et ces trois syllabes légères qu'il ne pourrait jamais entendre, il se les enfonça profondément dans la chair comme trois épines.

Le dictionnaire s'était révélé très décevant. «Joseph Mallord William Turner, 1775-1851.» Son père était barbier. Baptiste ne voulut retenir que le titre d'un tableau: *Pluie, vapeur et vitesse.* Il n'y avait aucune reproduction. Cela valait peut-être mieux. Qu'est-ce que cela donnerait, une peinture de lumière à la page 1749 d'un dictionnaire fatigué et sans couverture ?

La lunette avait soixante-dix ans. Si elle avait été construite quand M. Nathan était devenu astronome... quel âge pouvait-il avoir ? Le calcul lui procura le vertige. Était-il possible que ce vieux monsieur qui lisait *Tintin* soit né avec ce siècle ?

Baptiste sentit le regard de sa mère dans son dos. Il referma le dictionnaire, renonçant à chercher « réfracteur ». Il n'avait aucun désir de s'expliquer. Il lui vint comme un choc que sa mère avait un nom. *Christiane.* Il choisit de l'oublier. Maintenant, sa vraie mère s'appelait Cécile, elle avait un bijou au milieu du front et de grands yeux bruns sérieux. Et c'était « ma maman ».

Le matin vint avec les averses du printemps. Baptiste se précipita à la librairie pour la trouver close. Évidemment, M. Blanc n'ouvrait qu'à onze heures. Baptiste regagna la charcuterie et commença sa journée de livreur. Dès qu'il le put, il retourna à la librairie.

– M. Nathan a dit qu'il y avait une erreur de vingt-deux francs, déclara-t-il d'emblée.

M. Blanc prit sa facture et son chèque, la bouche pincée. Il ne répondit rien. Baptiste se précipita du côté des livres d'art. *Turner, premières œuvres.* Déception: quelques paysages bien léchés, des bateaux plus ou moins en train de couler. Et ces mots déprimants à propos d'un des tableaux, *Déclin de l'Empire carthaginois*: «L'utilisation de l'orange, du violet et du bleu pour suggérer le relief préfigure déjà ce que sera la splendeur de la couleur et de la luminosité des œuvres postérieures.» Mais où étaient-elles, les œuvres postérieures ? Pas d'autres livres sur Turner. Il devrait se contenter de celui-là. Et il n'en voulait pas. Il le feuilleta à nouveau, à la recherche de quelque chose, n'importe quoi, qui puisse lui faire battre le cœur. *Autoportrait.* Un jeune homme blond dont on ne voyait que les yeux. Les yeux du peintre qui s'observe lui-même. Il n'avait pas peint ses oreilles. Un regard et pas d'oreilles. Comme Baptiste. D'ailleurs, il y avait une ressemblance entre eux. Des cheveux clairs et sages qui ne demandaient qu'à être décoiffés. Un nez qu'on devinait un peu trop gros. Une bouche bien charnue qu'il n'avait pas voulue souriante. Et la jeunesse.

«Baptiste a la joie de vous annoncer la naissance de ses parents: Cécile et Joseph.»

Baptiste rangea soigneusement le livre. M. Blanc refaisait le compte de sa facture pour la troisième fois, de plus en plus exaspéré. Les chiffres restaient intraitables.

– Pourtant, ces vingt-deux francs venaient bien de quelque part… grommela-t-il.

Il jeta la facture dans son tiroir.

– Vous avez besoin de moi? demanda Baptiste.

– Non, vous pouvez partir.

Baptiste n'avait aucun désir de s'en aller. Mais il lui restait la livraison du Cheval Blanc, gros client de la Charcuterie Principale et du marchand de légumes. Ce qui était évident quand on consultait le menu quotidien. Assiette de charcuterie ou crudités. Saucisses-frites ou croque-monsieur-salade. Le Cheval Blanc ne brillait pas par sa gastronomie. Le patron se lançait parfois dans un ragoût ou la blanquette de veau, mais le soir uniquement. Le mois dernier, à la surprise générale (et au grand plaisir de Madame Simone), il avait servi une choucroute. Certains habitués ne s'en étaient pas encore remis.

La pluie tombait maintenant par averses. Avec un ciel aussi chargé, aucune chance de voir les étoiles. Et s'il faisait ce temps-là, jeudi ? Inutile de monter à l'observatoire.

D'ailleurs, M. Nathan avait sûrement oublié son invitation. Ou alors il avait dit ça juste par politesse. Baptiste regretta de ne pas avoir emprunté un *Tintin*. Cela lui aurait fait un bon prétexte pour revenir.

*
* *

Baptiste savait enfin ce qu'était un réfracteur. Une lunette avec des lentilles. Un télescope avait des miroirs à la place. Et le premier télescope avait été fabriqué par Isaac Newton, excusez du peu. Newton, lui, il le connaissait déjà. Celui qui se prend une pomme sur la tête, dans la *Rubrique-à-brac*. Le dictionnaire lui apprit encore qu'une lentille biconvexe déforme les images ; des aberrations optiques (ces mots-là lui plurent) apparaissent et, pour les corriger, on met une lentille plan-concave derrière. Et le tout s'appelle un doublet achromatique. Il se souvenait que M. Nathan avait parlé de quelque chose de ce genre. Depuis deux jours, il avait le nez dans le dictionnaire. Sa mère allait finir par le remarquer. Baptiste avait l'impression de faire des devoirs de vacances. Il s'amusait beaucoup. Il cherchait des mots au hasard. *Achromatique*: qui laisse passer la lumière blanche. Ce qui le renvoyait à *prisme*: solide en forme de prisme triangulaire en verre blanc ou cristal, qui sert à dévier et à décomposer les rayons lumineux. Du coup, il tourna les pages pour lire la définition de *cristal*. Et ainsi de suite. Malheureusement, il avait l'impression d'oublier tout sitôt le dictionnaire refermé.

Quand il ne lisait pas le dictionnaire ou le livre sur Léonard de Vinci, Baptiste restait planté devant la fenêtre. La pluie... toujours la pluie. Il allait tomber des cordes le jeudi, c'était sûr.

Il avait vu juste. Un orage. Une tempête avec un vent de chien. Il fit ses livraisons à pied. Impossible de tenir Bibiche droite dans les rafales. Baptiste se traîna toute la matinée dans les bourrasques en se répétant avec soulagement qu'il avait une bonne raison de ne pas monter à l'observatoire. À midi, le ciel se dégagea. Le vent avait chassé les nuages. Mais il était encore trop fort pour Bibiche. Baptiste avait toujours une bonne raison. À quatre heures, le vent tomba. Mais peut-être que sa mère ne voudrait pas qu'il sorte toute la nuit. Il se raccrocha à cette dernière bonne raison.

Mais sa mère n'en avait rien à foutre. Elle ne comprit rien à ce qu'il lui disait et se contenta de dire sans y penser :

– Fais comme tu veux, mon chéri.

Et elle se précipita sur le téléphone pour raconter à Colette que M. Frémontel avait dit que, et ceci et cela et ron et ron petit patapon...

Baptiste essaya d'être tout à fait honnête avec lui-même. Pourquoi ne voulait-il pas monter à l'observatoire ? La peur d'être mal reçu ? La peur que le vieux monsieur l'ait déjà oublié ? Non, ce n'était pas cela. C'était quelque chose de plus bizarre. La peur de toucher le bonheur et qu'il lui échappe. Parce que ce bonheur ne lui appartenait pas. Il ne pouvait pas posséder Cécile, ni Joseph, ni les étoiles du firmament. Et la seule chose qu'il eût jamais eue, c'était un rêve confus dans un sommeil tourmenté, envolé dès le réveil. Et dont il ne restait qu'une vague impression douce. C'était la musique. La musique inaccessible. Il rêvait de musique. Il le savait.

Il s'habilla chaudement et se glissa dehors. Bibiche, abandonnée dans la journée, se vengea en refusant de démarrer. Revoilà une bonne raison...

Il s'acharna et réussit. Ce n'était pas une victoire sur la mécanique, c'en était une sur lui-même. Il regarda le ciel de ce bleu profond annonçant les crépuscules de l'été qui approchait. Bientôt, il ferait beau et les jours n'en finiraient plus. Les astronomes devaient détester l'été qui les privait de leurs longues heures de veille.

Il n'avait pas dîné. Il avait des crampes dans le ventre, une espèce de creux dur. L'angoisse. En un éclair, il comprit d'où venaient ses craintes. Il voulait que M. Nathan l'aime. Tout simplement. «L'amour, c'est croire en l'autre.» M. Nathan l'attendait.

Il ne pouvait pas se défiler dès que l'amitié

pointait le bout de son nez. Il enfourcha Bibiche et fonça.

L'éclairage public s'alluma au moment où il quittait la ville.

*
* *

– Déjà ! s'exclama M. Nathan. La Lune n'est pas levée !

Baptiste n'osa pas dire que la Lune ne l'intéressait pas. On la voyait tout le temps, celle-là. Lui, il voulait regarder les étoiles.

– Ce n'est pas grave, répondit Baptiste. Je peux voir les étoiles en attendant ?

– Mais le ciel est beaucoup trop lumineux à la pleine lune ! De toute façon, il est encore tôt...

M. Nathan lut la déception sur le visage du jeune homme.

– Dans une semaine... ajouta-t-il, je changerai l'orientation de la lunette. Et on observera les Pléiades, Aldébaran, l'orange, et Régulus, la bleue !

– Orange ? Bleue ?

– Les étoiles ont des couleurs, mon ami !

« Mon ami ». M. Nathan utilisait-il ces mots comme sa mère « mon chéri » ? Sans y penser ?

L'astronome lui proposa un *Tintin* et des gâteaux secs pour patienter. Ils descendirent dans le bureau. Baptiste s'arrêta devant une espèce de grosse boîte ronde sur laquelle étaient posées, ou collées, des billes en acier de différentes tailles. Des tiges métalliques formaient des demi-cercles, irrégulièrement, au-dessus des billes.

– Qu'est-ce que c'est ? demanda-t-il.

– Un planétarium. Cela représente la voûte céleste avec l'ensemble des mouvements des planètes autour du Soleil... Joli objet, non ? Il est du XVIIIe... Il m'a coûté une fortune.

Baptiste promena son regard sur les autres instruments de la pièce. M. Nathan, comprenant son intérêt, le prit par la main et le conduisit vers une espèce de lunette modèle réduit.

– Celui-là, c'est un héliomètre.

Baptiste trouvait l'héliomètre d'une beauté parfaite, sur son trépied cuivré. Il avait une couleur ambrée comme de la cornaline. C'était un vrai bijou. Il le caressa d'un doigt, surpris par sa douceur satinée. M. Nathan était parti à l'autre bout de la pièce, emporté par sa passion. Il oublia que Baptiste n'entendait pas. Baptiste avait beaucoup de mal à saisir tous ces mots inconnus qu'il devait deviner sur les lèvres.

– Ce gros truc en bronze, c'est le spectroscope.

Baptiste quitta à regret l'héliomètre pour contempler « le gros truc en bronze », fait de plateaux circulaires d'où sortaient des manettes et des leviers dans tous les sens.

– Le quoi ? demanda Baptiste.

M. Nathan répéta le nom et tout à coup se souvint du handicap du jeune homme. Il prit un morceau de papier et écrivit : *planétarium, héliomètre, spectroscope.*

– Il sert à disperser la lumière pour obtenir un spectre. Une bande de couleurs, si vous préférez. Celui-ci est très ancien, il comporte un prisme.

Baptiste sursauta.

– « Prisme... qui dévie et décompose les rayons lumineux. »

– Mais oui ! s'écria M. Nathan. Bravo ! La lumière passe par une fente étroite, la bande colorée consiste en une infinité d'images de cette fente, chacune à une certaine longueur d'onde.

– D'onde ?

– Oui, tout est histoire de longueur d'onde dans l'univers. Les ondes électromagnétiques. Certaines sont visibles, d'autres audibles, comme les ondes radio.

Baptiste réfléchit intensément. M. Nathan l'observait en souriant.

– Qu'y a-t-il ? finit-il par demander.

– Vous voulez dire... qu'on peut voir ce que l'on entend ?

M. Nathan resta perplexe une seconde. Puis il comprit brusquement.

– Dans un certain sens, répondit M. Nathan. Puisque tout est longueur d'onde... les couleurs que tu vois... c'est comme si tu les entendais... Oui.

Baptiste fut pris d'un tremblement incontrôlé. Il en conçut un amour fou pour le spectroscope, bien qu'il lui préférât l'élégance de l'héliomètre.

M. Nathan fouilla dans un tiroir de son bureau et en sortit un petit objet plat constitué de cercles évidés. Quand il les écarta les uns des autres, deux se placèrent plus ou moins verticalement et le troisième se mit à l'horizontale. Ainsi, ils formaient une sphère creuse.

– Un astrolabe. Un instrument de visée qui détermine le temps local ou la latitude de son utilisateur par rapport à une étoile de référence... Tiens, je t'en fais cadeau.

Il replia l'astrolabe et le lui donna. Baptiste en oublia les bonnes manières et ne dit pas merci. M. Nathan, fort heureusement, n'était guère pointilleux au sujet de la politesse.

– Allons vérifier si Phébé est enfin levée, dit-il en consultant sa montre.

Puis, presque par jeu, il écrivit *Phébé* sur la liste.

– C'est le petit nom de la Lune, expliqua-t-il. En Inde, on l'appelle Chandra. Et elle change de sexe à cette occasion ! J'ai toujours aimé l'histoire du petit lapin blanc qui vit dans la Lune...

– Le petit lapin blanc ?

– Oui... On peut même le voir si on regarde bien !

– C'est quoi, l'histoire ?

– Dieu voulait vérifier si le lapin était très pieux, il lui envoya Chandra. Celui-ci lui demanda à manger, mais le pauvre lapin passait son temps à prier et ne mangeait que très rarement. Il n'y avait absolument rien chez lui. Alors, pour honorer son visiteur, dont il ignorait l'identité, il se jeta lui-même dans le feu pour lui servir de repas. Et depuis, le petit lapin blanc vit dans la Lune.

Ils montèrent enfin vers la lunette. La coupole était fermée. M. Nathan l'ouvrit à l'aide d'une roue qui ressemblait fortement à une barre de bateau. Par le quartier ouvert, Baptiste aperçut tout de suite la pleine Lune, énorme et orangée. Elle lui fit presque peur, mais il se souvint du lapin blanc et sourit. Pour accéder à l'oculaire, il fallait gravir quelques marches d'un escalier en fer. Il branlait à chaque pas et Baptiste ressentit très fortement les vibrations. Oui... il entendait une espèce de clonc-clonc. M. Nathan visa dans l'oculaire et modifia légèrement l'orientation de sa lunette avec une autre petite roue.

– Voilà, regarde... Sirus Iridum, Mare Serenitatis et Mare Crisium en haut à droite... Ce sont les plus nets...

Baptiste ne comprenait pas les noms et s'en moquait. Lui, il ne s'intéressait qu'au lapin blanc.

– Où est-il ? demanda Baptiste, déçu par cette masse de trous sans images.

– En bas… Entre la mer des Nuées et la mer du Nectar. Je l'avoue, il faut une bonne dose d'imagination pour y voir un lapin…

Baptiste remit son œil à l'oculaire.

Oui, peut-être bien que ces deux taches blanches font deux oreilles… Plus de souris que de lapin.

– C'est très beau, dit Baptiste pour faire plaisir à l'astronome.

– Oui ! répondit M. Nathan dans une quinte de toux. Ah, la Lune, la Lune ! Quel rêve aura-t-elle été pour toute l'humanité ! Et même le règne animal et le règne végétal y sont sensibles !

– Et l'océan… murmura Baptiste. Je n'ai jamais vu la mer.

– L'océan ! La morte-eau et la vive-eau !

M. Nathan disait des choses comme si elles étaient évidentes. Baptiste était un peu perdu mais se berçait à l'intérieur avec tous ces mots étonnants.

– Vous vous intéressez aux marées ? demanda M. Nathan.

– Tout m'intéresse ! répliqua Baptiste. Je suis tellement ignorant !

– Marée de morte-eau quand la Lune et le Soleil agissent en sens contraire et se neutralisent... La vive-eau, c'est quand le Soleil et la Lune travaillent ensemble pour faire de grosses marées.

– Mais je croyais que seule la Lune avait une influence ! s'exclama Baptiste.

– Eh bien non... Mais elle assure la plus grande part.

Déjà qu'il ne savait pas grand-chose... Et ce qu'il savait n'était même pas tout à fait juste. Il chercha dans sa tête une belle remarque à faire pour démontrer qu'il n'était quand même pas complètement idiot.

– On voit toujours la moitié de la Lune, dit-il, soudain inspiré. La même face !

– Si on veut, répondit M. Nathan. La Lune tourne en faisant une révolution autour de la Terre. Ce qui fait qu'on aperçoit un seul hémisphère, mais malgré tout, on en voit plus de la moitié. 59% pour être précis. Alors, cette face cachée se dévoile légèrement de temps en temps... Un peu comme une belle femme vous laisse entrevoir ses chevilles pour vous séduire !

« Encore raté », pensa Baptiste. Décidément, il n'avait rien dans le crâne. En s'écartant de la lunette, Baptiste aperçut brusquement un genre de sommier en ferraille, comme un grillage d'enclos à poules, jeté dans un coin sombre de l'observatoire.

– Qu'est-ce que c'est ? demanda-t-il.

M. Nathan suivit son regard et se renfrogna.

– Un vieux débris comme moi, dit-il. Aussi inutile.

Baptiste sentit sa tristesse et ne la comprit pas.

– Vous n'êtes pas inutile pour moi, répondit-il pour le consoler. Même si vous êtes très vieux.

Cela fit rire l'astronome. Baptiste se traita mentalement d'imbécile.

– Je ne voulais pas dire très vieux... s'excusa-t-il.

– Mais je le suis ! répliqua M. Nathan avec une bonne humeur retrouvée. J'en suis plutôt fier... Réfléchis un peu à tout ce que j'ai pu voir et faire dans ma vie ! C'est formidable !

Son regard s'échappa à nouveau vers le sommier en fer.

– Oui… dit-il doucement. Il y a tout de même des rêves qu'on ne réalise jamais…

Baptiste voulut demander lesquels. Puis il pensa que le moment était mal choisi.

– Dites-moi les noms des trous… Les cratères, c'est cela ?

– Oui, parfaitement.

Tiens, pour une fois, il ne s'était pas trompé. Pendant que M. Nathan se laissait aller dans une longue énumération de mers de la Tranquillité, de la Sérénité, de la Fécondité, etc., Baptiste essayait de se faire sa liste de rêves jamais réalisés. Elle était sans fin. Mais au moins, il en avait un d'accompli. Il avait quelqu'un à qui parler. Dans le dictionnaire, cela s'appelle un ami.

Chapitre 4

Englouti dans la nuit, les mains serrées sur les poignées du vélomoteur, Baptiste redescendait vers la ville. La tête pleine de noms et de choses incompréhensibles. C'était comme de la poésie. Peu importait finalement de vraiment comprendre. C'était de la musique. Du moins, c'était comme cela qu'il imaginait la musique. Un bercement de l'âme. Quelque chose lui traversa l'esprit, un souvenir, une voix qui chante. « Dodo, l'enfant do... » Sa mère aurait-elle chanté pour l'endormir quand il était bébé ? Avant que la maladie ne lui vole ses oreilles. Il n'avait jamais pu savoir quelle maladie. Sa mère refusait d'en parler. Depuis longtemps, Baptiste n'abordait plus ce sujet. Sa mère se croyait coupable. Et cette maudite maladie ne l'avait pas seulement privé de l'audition, elle lui avait aussi enlevé sa mère. Peut-être son père aussi. Peut-être que son père n'avait plus voulu de lui quand il était devenu sourd. Était-ce sa faute à lui ? Il n'avait pas fait exprès d'être sourd. Si on lui avait demandé son avis... Il pensa soudain aux aveugles. Il se mit à pleurer. Pas sur son sort, sur celui des aveugles. Qui ne peuvent pas voir le petit lapin blanc dans la Lune.

*
* *

– Quarante francs soixante.

Clic-clic, le tiroir-caisse. Madame Simone se plaignait que les affaires étaient dures, ces temps-ci. Régine s'était bien maquillée, ce matin. Elle avait un nouvel amoureux. Adèle ne ratait pas une occasion de le dénigrer. Elle était jalouse. Elle faisait des remarques du genre :

– Moi, je n'aime que les hommes grands.

Sous-entendu : « Ton copain, c'est un minus. »

– Méfie-toi, ma fille. Il est au chômage, il profite de ton pognon.

Ce à quoi Régine répondit qu'il touchait le RMI. Madame Simone leur jeta un regard sombre.

– Ça ne vous ferait rien de vous occuper des

clients ? dit-elle. Ces filles, elles ont un courant d'air dans le ciboulot.

Régine fit une grimace dans son dos et murmura : « Ça vaut mieux qu'un portefeuille à la place du cœur. » Seul Baptiste la comprit, en lisant sur ses lèvres.

Baptiste soupira. Les commerçants s'étaient arrangés avec l'Association des livreurs. Le travail avait repris presque normalement. Il n'avait plus que les livraisons de la charcuterie à assurer. Il était coincé à la boutique, entre le jambon à l'os et la quiche lorraine. En voyant Madame Simone se curer les dents, il décida brusquement de chercher du boulot ailleurs. Si seulement M. Blanc avait besoin d'un employé ! Bah, il ne risquait rien à lui poser la question. Peut-être le fleuriste... Ça devait être plus agréable de sentir la rose que le saindoux. Il était monstrueusement inutile, voilà la vérité. Inutile et ignorant. Il resterait toujours dans la Charcuterie Principale. Il ne méritait pas mieux. C'était trop tard pour devenir intelligent.

À l'heure du déjeuner, Baptiste prit un sandwich à la charcuterie (dont Madame Simone ne lui fit pas cadeau) et fila vers la librairie.

M. Blanc ne parut pas surpris de sa visite. Baptiste traîna un instant du côté des livres d'art. Il s'arrêta devant la couverture de Monet, *Les Nymphéas*. C'était tellement gai. Évidemment ce n'était pas une réflexion très poussée sur une œuvre aussi belle et délicate. Mais c'était ce qu'il ressentait, de la joie, devant ces touches légères de vert, d'eau et de lumière. M. Blanc le regardait de travers. Baptiste chercha anxieusement des traces de doigts sur le livre. Mais non, il ne l'avait pas sali. En une seconde, le libraire fut près de lui.

– Décidément, tu t'intéresses à la peinture ! s'exclama-t-il.

– Oui, monsieur. Vous n'auriez pas un autre livre sur Turner ? Les œuvres postérieures.

– Attends... Oui, j'en ai eu un... Je l'ai vendu à...

Il en avait eu un. Et il l'avait vendu. Il ne vint pas à l'idée de Baptiste que l'on pouvait aussi commander des livres.

– C'est ça ! continua M. Blanc, à M. Nathan !

– M. Nathan, balbutia Baptiste.

– Oui, tu sais, l'astronome !

Bien sûr. Qui d'autre que lui aurait eu envie d'un livre sur Turner!

– Vous n'avez pas besoin d'un vendeur? demanda Baptiste abruptement.

– Je n'ai pas les moyens, répondit M. Blanc.

Bah... Au moins, il avait essayé. Il se tourna à nouveau vers Monet. Deux cent vingt francs. Il chercha son porte-monnaie. Cent cinquante. Zut. Il ouvrit les pages au hasard, tomba sur *La Gare Saint-Lazare.* «... la lumière se décompose pour reproduire les couleurs de l'arc-en-ciel... des prismes créés par la réfraction de la lumière sur la buée de l'air... palette: blanc de céruse, laque rouge d'alizarine, bleu de cobalt, bleu outremer, vert viridien...» Encore le prisme, encore des mots de poème. C'était un signe. Il lui fallait le livre, à tout prix.

– Vous pouvez me le mettre de côté? Je reviendrai demain avec l'argent.

M. Blanc n'était certes pas un homme sympathique. Mais il avait un point faible: il aimait la peinture. Mieux, il aimait partager sa passion.

– Combien tu as? Cent cinquante? Bon, ça va. Prends-le.

– Oh non, monsieur ! Vous m'avez déjà fait un cadeau !

– Et alors ? bougonna le libraire. Je n'ai pas le droit d'en faire un deuxième ?

– Si... Je ne voudrais pas abuser de votre gentillesse. Je peux payer, vous savez, ajouta Baptiste, avec une pointe de fierté.

– Regarde celui-là, dit M. Blanc en feuilletant le livre. *La Mare aux nénuphars*. Je suis allé à Londres et je l'ai vu en vrai.

« En vrai ». Baptiste n'avait jamais rien vu « en vrai ».

– Quelle chance... murmura-t-il.

– Et celui-là aussi, poursuivait M. Blanc. *La Tamise à Westminster*. C'est magnifique, ces couleurs de brume...

Baptiste préférait les nénuphars. Vert viridien, bleu outremer. Et si les couleurs avaient un son, quel genre de mélodie feraient celles-ci ? Un chant d'oiseau, sûrement. Il n'avait jamais entendu les oiseaux chanter. Mais il se souvenait d'avoir ressenti les vibrations du bec d'un pic-vert sur l'écorce d'un arbre. Un jour où sa mère avait eu la fantaisie de se promener dans la forêt. Il avait huit ans. Et sa mère avait encore le désir de sa compagnie, à l'époque.

Baptiste remercia le libraire et se traîna vers la charcuterie. Madame Simone loucha vers le livre et renonça à comprendre.

* * *

Comment dire à sa mère qu'il sortait cette nuit aussi ? Il décida tout d'un coup de ne rien dire du tout. Elle ne s'apercevait pas de sa présence. Quelle importance, dans ce cas, qu'il soit absent ? Baptiste fit le compte de ses économies. Sept mille francs. Il ne dépensait jamais rien, n'ayant jamais eu aucune envie. Il pourrait se payer *sa* mobylette avec ça ! Il faudrait qu'il pense à consulter les petites annonces des occasions.

Il attendit que sa mère se couche. Il mit *L'Étoile mystérieuse* dans son sac à dos. Il rit silencieusement. M. Nathan avait raison : il ressemblait au professeur Calys de l'histoire. Sauf qu'il n'était pas ridicule.

En attaquant la route en lacets, il pensa qu'il devrait se payer un scooter avec un moteur un peu plus costaud que celui de Bibiche.

À sa grande surprise, il trouva M. Nathan piaffant d'impatience. Il lui vint, comme un choc, que l'astronome aussi souffrait de solitude.

– Le lapin commence à perdre ses poils ! s'écria M. Nathan avec bonne humeur. La Lune décline, mon garçon...

– Je vous ai ramené *Tintin*, dit Baptiste. Je peux en emprunter un autre ? Peut-être...

Il voulait demander le livre sur Turner. Mais il n'était pas supposé savoir qu'il en avait un.

– Vous avez des livres d'art ? continua-t-il. Vous m'aviez parlé de Turner, une fois...

– Ah oui, William Turner... Je dois avoir ça, en effet.

– Joseph, corrigea Baptiste.

– Quoi ?

– Joseph Mallord William Turner.

– Toujours cru que c'était William... Eh bien, j'aurai appris quelque chose, aujourd'hui !

Incroyable que Baptiste puisse lui apprendre quoi que ce soit ! L'astronome descendit son escalier allégrement. Un presque centenaire, songea Baptiste.

M. Nathan fouillait dans ses piles de livres.

Baptiste jeta un regard amoureux au spectroscope. Puis, soudain, il remarqua que M. Nathan s'était immobilisé, le nez en l'air, droit comme un vieux piquet. Il écoutait quelque chose.

– Que... que se passe-t-il ? bégaya Baptiste, presque effrayé par cette raideur proche de la mort.

M. Nathan lui fit une grimace épouvantable.

– Il pleut ! Bon sang de bois ! Il pleut ! Et merde pour la Lune !

Baptiste se sentit soulagé. Si ce n'était que cela... Tant pis pour le petit lapin blanc. Lui, il voulait voir les étoiles. Et ce n'aurait pas été pour ce soir, de toute façon.

– C'est ça qui est embêtant quand on est astronome, remarqua Baptiste, on est à la merci de la météo !

– Pas forcément, répondit M. Nathan. On peut observer le ciel en le regardant, soit, mais on peut aussi l'écouter...

Baptiste ne dit rien, pensant avoir mal compris.

– Car les étoiles nous parlent... ajouta M. Nathan.

Baptiste continua de se taire, pensant que M. Nathan se lançait dans la poésie.

– Ça n'a pas l'air de vous intéresser! dit M. Nathan, un brin vexé.

– Quoi? Oh mais si, bien sûr!

– Je disais donc... Qu'est-ce que je disais? demanda M. Nathan, le doigt pointé comme un instituteur surprenant un élève distrait.

– Que... les étoiles nous parlent...

Et, en prononçant ces mots, Baptiste les comprit brusquement.

– Les étoiles nous parlent? répéta-t-il, incrédule.

– Oui, mon garçon! Et qu'est-ce qu'elles nous racontent, hum?

– Je ne sais pas, moi! s'exclama Baptiste.

– Leur agonie, fiston! Leur longue agonie... Car les étoiles aussi meurent un jour...

Comme accablé par la nouvelle, M. Nathan s'assit sur son tabouret.

– Le plus tragique dans cette histoire, reprit l'astronome, c'est que les étoiles qu'on voit encore briller ici sont peut-être déjà mortes là-bas... Car quiconque regarde le ciel, mon ami, n'y voit que le passé...

– Le passé ?

– Eh oui. La raison, c'est que leur lumière met du temps à nous parvenir. Si d'aventure notre Soleil explosait cette nuit, nous ne serions avertis que huit minutes plus tard. Mais ça, c'est autre chose... J'avais commencé à expliquer que les étoiles parlaient. D'ailleurs, elles se servent de la radio. En quelque sorte, elles « causent dans le poste » !

Baptiste se demanda si l'astronome ne déraillait pas sérieusement. Ou alors, il se moquait de lui.

– Mais je suis incorrigible ! dit M. Nathan. C'est comme avec les gâteaux... Je mange d'abord la cerise dessus, alors que toute personne sensée la garde pour la fin !

Baptiste rit. Il gardait toujours la cerise pour la fin.

– Il était donc une fois... Un Chinois du nom de Yang Wai-tek. Ce n'était pas un homme ordinaire, car il était l'astrologue de la cour des Song. Le jour Chi-ch'ou de la première année de la période Chi-ho, la cinquième lune, autrement dit le 4 juillet 1054, une étoile-hôte apparut dans le ciel de Yang Wai-tek. Et cette étrange étoile de passage resta visible de jour comme de nuit, durant vingt-trois jours. Son éclat était, pour le moins, exceptionnel. Exceptionnelle, aussi, sa soudaine et violente apparition comme une explosion. C'était d'ailleurs de cela qu'il s'agissait, l'explosion d'une étoile en supernova. Les oracles ayant déclaré que l'étoile-hôte était l'annonce que l'abondance serait accordée au pays et que l'empereur était un grand souverain, tout allait bien. Et Yang Wai-tek ne se posa sans doute pas d'autres questions...

M. Nathan ouvrit un paquet de biscuits à la noix de coco et en grignota un, lentement. Baptiste attendait la suite de l'histoire avec autant de fébrilité que s'il lisait un bon polar. M. Nathan sortit un livre d'un tiroir et montra une photo en noir et blanc à Baptiste : une grosse tache blanche aux contours imprécis, vaguement ovale.

– La nébuleuse du Crabe. Un ramassis de gaz et de saletés en tout genre, très joli à observer. Les astronomes découvrirent avec étonnement que la nébuleuse du Crabe était... l'étoile-hôte de Yang Wai-tek. Ou plutôt ce qu'elle était devenue au bout de neuf cents ans.

Baptiste regarda la photo avec un nouvel intérêt.

– L'histoire aurait dû s'arrêter là. Mais l'étoile-hôte n'avait pas fini de faire parler d'elle... en prenant elle-même la parole ! Elle devait s'exprimer depuis déjà longtemps mais personne, jusque-là, n'avait songé à écouter.

M. Nathan se resservit dans le paquet de biscuits.

– Car dans la nébuleuse du Crabe, il y a toujours une étoile ! Une toute petite... Mais avec une masse ÉNORME ! Égale à celle du Soleil... Un peu comme si le morceau de sucre que je mets dans mon café le matin pesait cent millions de tonnes. Mais voilà que je m'attaque à la cerise, de nouveau... Laissons un instant notre Crabe de côté. Tous ces termes gastronomiques me donnent faim. Je mangerais bien du crabe-mayonnaise, tiens.

Au grand désespoir de Baptiste, M. Nathan entreprit de se faire un sandwich au rosbif. Il se consola en pensant qu'au moins le rosbif ne venait pas de la Charcuterie Principale.

– C'est au moyen des radiotélescopes qu'on peut écouter les étoiles, reprit l'astronome. Un radiotélescope, c'est une gigantesque antenne pointée vers le ciel. Et comme notre étoile du Crabe envoie des ondes radio, on peut les entendre. Exactement comme à la radio. Un petit clic métallique, un genre de tic-tac d'horloge. D'ailleurs, ce sont des horloges, les plus précises de toutes !

M. Nathan partit dans ses propres pensées, oubliant que Baptiste avait bien du mal à suivre son discours.

– Quand je songe que même des petits étudiants de Cambridge ont fabriqué leur propre radiotélescope... alors que moi... Et que c'est grâce à une antenne de fortune que Jocelyn Bell a découvert le premier pulsar...

– Le quoi ? demanda Baptiste, dérouté.

– Le pulsar, une étoile qui se meurt et qui parle, mon garçon ! À chaque fois que le pulsar nous envoie ses ondes, il le fait à la manière d'un phare qui balaie la mer de son faisceau... C'est la raison pour laquelle on a surnommé les pulsars «les phares du ciel».

Les phares du ciel... Un tic-tac d'horloge, un clic... Baptiste se mit à trembler. Un clic. Lui, il n'entendait que les clics. Il pourrait entendre les étoiles parler!

– Ça ne va pas? dit M. Nathan.

Il n'obtint pas de réponse. Baptiste ne le regardait plus.

Chapitre 5

Rivette arracha les dernières feuilles de la branche de noisetier. Il soupesa le morceau de bois qui formait un Y presque parfait. Il le trouva trop court, trop léger et le jeta sur le sol. Il prit le chemin ombragé vers le village, s'arrêta un instant pour regarder la position du soleil à travers les ramures. «Dix heures», pensa-t-il. Les gros cumulus, en forme de choux-fleurs, annonçaient un grand beau temps pour la journée. Sur la route, en contrebas, une voiture passa en klaxonnant. «La camionnette du marchand ambulant», se dit Rivette. Il se pencha pour observer les fourmis transportant un insecte mort. «Une araignée porte-croix... curieux.» Le printemps était en avance. L'été allait être chaud et sec. Les framboisiers sauvages portaient déjà leurs fruits verts. Rivette jugea que, dans un mois, apparaîtraient les premières fraises des bois. Il faudrait qu'il monte au pic surveiller ses abeilles. Avec un peu de chance, il aurait du miel de framboisier, cette année. Très rare, ce miel-là, blanc et délicat, un miel pour les tartines. Surtout pas pour la cuisine, encore moins pour sucrer le thé. Seulement le lait tiède pouvait lui convenir. Il songea amèrement que les touristes ne savaient pas l'apprécier. Ils avaient le goût gâché par cette saloperie de miel d'acacia de supermarché.

Le sentier quittait la forêt et grimpait pardessus le col de Saint-Cyprien. De l'autre côté, dans une cuvette, s'étalait le village. Rivette contempla le paysage du haut du col. Il ne jeta qu'un bref regard à la coupole de l'observatoire qui brillait sur le plateau. Ce qui l'intéressait, c'étaient les moutons du père Théodore. Il les compta mentalement. Puis sourit. Un sourire étrange qui déforma son visage aux sillons profonds, creusés par le vent et le soleil. Une face de brute, émaciée, avec des yeux si clairs qu'on ne pouvait en donner la couleur exacte. Personne ne connaissait son âge, lui-même l'ignorait. Sa vie avait commencé comme un mauvais roman du XIXe siècle. Abandonné devant la porte de l'église de Saint-Cyprien, recueilli par le berger Mérac, le père de Théodore. Ce n'était pas un bébé, mais déjà un petit garçon qui ne parlait pas. Personne ne sut jamais d'où il venait. Le premier mot qu'il prononça fut «Rivette», et il refusa toujours de répondre à un autre nom. Pourtant, il ignorait tout autant que les autres d'où il sortait ce nom. Il savait juste que c'était le sien. On croyait, dans le pays, qu'il avait, un jour, poussé son père adoptif dans les gorges. Théodore le haïssait depuis la mort du vieux Mérac. Mais on n'avait jamais rien prouvé, bien sûr. Juste une de ces histoires campagnardes, sordides et mystérieuses. Tout le monde avait peur de Rivette. Il s'en satisfaisait. Un mouton manquant, la foudre sur une grange, un chien égorgé, c'était la faute à Rivette. Rivette avait le pouvoir. Celui de produire des catastrophes et celui de guérir les entorses. Théodore le craignait, peut-être même plus que les autres. Il n'y avait dans le village que deux personnes qui ne tremblaient pas devant lui. Charité, la femme du maire, qu'il avait aimée, qu'il aimait toujours et qui lui avait préféré cet imbécile de Manzoni, un émigré italien! Qui avait eu l'aplomb de devenir le maire, pour tout arranger. Et puis, il y avait le curé Goussain, celui qu'il appelait « Mozart » par dérision.

De son perchoir, Rivette voyait le clocher de l'église, la fierté de Saint-Cyprien. Une chapelle du XIIIe siècle et des orgues. Des orgues ! Don d'un ancien propriétaire despotique, pris par la folie de sa richesse et son orgueil démesuré. Et qui était mort assassiné par ses ouvriers en 1936. Le curé jouait de l'orgue, il savait aussi accorder les pianos. Il n'y avait pas beaucoup de pianos dans le pays. Seule Charité en possédait un. Elle s'en servait à l'occasion des fêtes, pour accompagner un des vieux du coin qui tenait à chanter *Le Temps des cerises* d'une voix chevrotante.

Rivette prit une longue inspiration. Oui, ici, il était le roi du monde.

*
* *

Baptiste avait décidé de se moquer des remarques de sa mère au sujet de son scooter.

– Dépenser tout ton argent pour cette chose avec laquelle tu vas te casser le cou ! Quatre mille francs, cette saleté ! Tu es tombé sur la tête !

Baptiste se leva brusquement de sa chaise et toisa sa mère.

– C'est MON argent ! répondit-il. Et je fais ce que JE veux avec !

Puis il sortit pour échapper à la dispute. Dans le couloir, il hésita un instant. La voisine, l'Allemande, descendait, souriante comme d'habitude.

– Bonjour ! lança-t-elle.

– Bonjour, mademoiselle... Je peux vous demander un service ?

– Bien sûr !

– Je ne peux pas utiliser le téléphone parce que je n'entends pas. Pourriez-vous appeler la Charcuterie Principale et leur dire que j'ai une angine blanche ? Je ne peux pas venir aujourd'hui.

L'Allemande le regarda et se mit à rire.

– Oui, oui, je vois... Une grosse angine. Obligé de rester au lit, c'est cela ?

– C'est cela...

– Compte sur moi, dit la voisine.

– Merci, mademoiselle.

Vive l'amitié franco-allemande ! Baptiste alla retrouver son nouveau compagnon : le scooter bleu azur, pas tout neuf mais impeccable. Il mit son casque qui n'avait coûté que trois cents francs, une bonne affaire.

«Je suis libre!» pensa-t-il.

Et il partit sur la route qui conduisait à l'observatoire.

*
* *

Du haut du col de Saint-Cyprien, Rivette aperçut la petite tache bleu azur qui sillonnait le chemin sur le plateau. Il s'attarda pour voir sa destination, ne fut qu'à demi surpris que l'engin s'arrête à l'observatoire. Puis il reporta son attention sur les moutons. Ce soir, il en volerait un.

*
* *

M. Nathan avait les cheveux en bataille. Baptiste l'avait réveillé.

– Qu'est-ce qui se passe? grommela l'astronome.

– Rien... Désolé. Je ne savais pas que vous dormiez encore.

– Jeune homme, je suis debout toute la nuit. Le matin, je dors!

Baptiste avait l'air tellement déconfit que M. Nathan en eut pitié.

– Bon, bah, maintenant, je ne vais pas me recoucher... Je croyais que tu viendrais hier soir. Le ciel était dégagé.

– Je ne pouvais pas. J'avais rendez-vous pour le scooter.

M. Nathan suivit le geste de Baptiste.

– Oh... Très joli.

– Surtout très pratique, expliqua Baptiste. La mobylette ne m'appartenait pas. Et puis, le moteur de celui-là est beaucoup plus costaud. C'est mieux dans les côtes !

– On ne peut rien voir de jour, remarqua M. Nathan.

– Tant pis, répondit Baptiste. Si vous me parliez encore du phare dans le ciel ?

– Ah ça ! Ça t'intéresse donc ?

Baptiste décida de faire confiance à l'astronome. Son idée était absurde, bien sûr, mais il était persuadé que M. Nathan le comprendrait.

– C'est à cause du tic-tac... commença-t-il.

M. Nathan le regarda attentivement et, dans le fond de son cœur, il sut.

– Tu voudrais l'entendre, n'est-ce pas ? Et moi donc !

Il prit Baptiste par le bras et le fit entrer sous la coupole. Il le conduisit jusqu'au treillis de ferraille que le jeune homme avait déjà repéré.

– Voilà le machin, dit M. Nathan. Mais il ne marche pas. Trop simple, sans doute.

– Quel machin ?

– L'antenne ! Le radiotélescope. J'ai bien essayé... Mais ce qu'il faudrait, c'est une antenne d'au moins un hectare ! Et moi, je suis trop vieux pour planter des poteaux.

– Attendez, attendez ! supplia Baptiste. Planter des poteaux ?

– Oui... Tu sais, comme les étudiants de Cambridge. Ils ont construit un radiotélescope sur deux hectares, mais on peut être plus modeste. Il nous faut peu de chose en réalité. Des centaines de poteaux en bois, des kilomètres de câbles, des relais électriques, un terrain plat. Le reste, l'enregistreur, les haut-parleurs, je m'en charge ! C'est un travail très dur, malheureusement. En y réfléchissant... Montre-moi ton appareil.

Baptiste enleva son appareil de l'oreille. M. Nathan l'examina quelques secondes.

– Je suis sûr que c'est possible... murmura l'astronome. Il suffirait que je le branche sur le récepteur. Tu entendrais quelque chose, vraiment ?

– Je ne perçois que les clics métalliques. Ça me résonne dans... la bouche, je crois.

– Tu as raison. Il est démontré que l'homme peut entendre les sons par la boîte cranienne via la dentition. Ça me rappelle... J'ai vu, il y a longtemps, le curé de Saint-Cyprien accorder le piano du maire. Il tenait son diapason entre les dents pour mieux entendre le *la*.

– Mais des centaines de poteaux... Où on va trouver ça ?

M. Nathan se mit à rire. Puis il se frotta les mains.

– J'y ai déjà pensé !

Cela le fit tellement rire qu'il en eut une quinte de toux.

– La... la Compagnie...

– Qui ? demanda Baptiste qui ne saisissait rien entre les éclats de rire et les toussotements.

– Le téléphone !

– Qu'est-ce que vient faire le téléphone là-dedans ?

– Mais si ! La Compagnie du Téléphone ! Elle remplace tous ses vieux poteaux par des neufs ! Elle ne sait plus quoi faire des anciens ! Elle nous les cédera pour des clopinettes !

– J'ai trois mille francs sur mon compte en banque, dit Baptiste, dubitativement.

– Oh ! de l'argent, j'en ai bien encore ! répondit M. Nathan. Le problème n'est pas le matériel. Tu t'en sens pour enfoncer des poteaux dans la rocaille du plateau ? C'est presque impossible d'y planter un piquet de fer !

– Non seulement je m'en sens, mais je vais le faire !

– À Cambridge, ça leur a pris deux ans.

Baptiste resta muet de stupéfaction.

– Et ils étaient plusieurs, ajouta M. Nathan. Même si nous ne construisons que sur un hectare... Il te faudra un an, mon pauvre garçon ! Avec de la chance.

Baptiste eut la vision d'un château de cartes qui s'écroule. M. Nathan qui, lui aussi, s'était un moment excité, soupira de découragement.

– Oui mais... reprit soudain Baptiste, ils étaient tous étudiants à Cambridge, n'est-ce pas?

– Évidemment.

– Ils étaient occupés par leurs études! Ils ne travaillaient pas à plein temps!

– Non... Mais tu travailles, toi aussi!

– Je suis au chômage à partir de maintenant, décida Baptiste. Vous pouvez m'héberger?

– Oui.

– J'ai dix-huit ans dans une semaine, dit Baptiste. Je vais quitter ma mère et elle n'aura rien à m'opposer!

– C'est de la folie! remarqua M. Nathan, tout à fait ravi.

– Tant mieux! s'exclama Baptiste.

Et ils se mirent à rire tous les deux comme des collégiens en passe de faire une mauvaise plaisanterie.

*
* *

Le matin, les choses avaient paru simples et faciles. Maintenant, elles semblaient bien plus difficiles. Baptiste avait emballé ses affaires et il attendait le retour de sa mère. Qu'est-ce qu'il allait pouvoir lui raconter ? Il n'osait même pas penser à Madame Simone. Il n'aurait jamais le cran de l'affronter.

Il sentit le déplacement d'air de la porte d'entrée. Sa mère entra dans le salon et eut un haut-le-corps.

– Tu es déjà là ?

– Pas pour longtemps, répondit Baptiste. Je... m'en vais. Je veux dire, pour de vrai. Je pars.

– Tu pars où ?

– Sur le plateau... Heu... J'ai trouvé du travail.

– Je croyais que tu en avais un, à la charcuterie.

Sa mère posa son sac et lui tourna le dos. Elle le faisait exprès pour ne pas lui parler. Baptiste en conçut de la rancœur. Sa mère refusait de l'écouter et le lui faisait ainsi savoir. Mais il n'allait pas se laisser avoir, pas cette fois.

– Ma décision est prise. Je n'ai pas l'intention de gâcher ma vie ! Merde, j'ai dix-huit ans !

Sa mère fit volte-face brusquement.

– Ah c'est ça ? dit-elle. Tu es majeur, alors tu fous le camp ? Et moi ?

– Toi ? Tu devrais te réjouir. Je vais enfin faire quelque chose qui m'intéresse ! Et puis, je vais te débarrasser le plancher, tu vas être tranquille !

– Je ne te permets pas de me parler sur ce ton ! Après tout ce que j'ai fait pour toi...

Baptiste s'en étrangla. Il lui fallut quelques secondes pour se remettre.

– Tu n'as rien fait.

Il se leva et quitta la pièce. Il ramassa son sac dans sa chambre. Sa mère se trouvait dans le couloir quand il en ressortit.

– Tu es bien comme ton père.

– Ça signifie quoi ? demanda Baptiste.

– Tu te sers de moi et tu te tires quand je ne te suis plus utile !

– Tu ne m'es plus utile depuis que je suis devenu sourd, répondit Baptiste. Tu ne m'as jamais aidé pour quoi que ce soit. Tu ne m'aimes même pas !

Elle le gifla. Baptiste haussa les épaules, choisit de ne rien ressentir, ni douleur, ni tristesse, ni haine.

– Au revoir.

*
* *

Sa mère lui avait donné du courage. À quoi bon se tracasser pour tous ces gens qui se moquaient de lui ? Baptiste arrêta son scooter devant la charcuterie. Le magasin allait fermer. Madame Simone faisait ses comptes. Il poussa la porte.

– C'est fini, l'angine ? dit Adèle.

– Je n'ai pas d'angine, répondit Baptiste. J'ai pris ma journée.

Madame Simone le regarda, bouche bée. Les filles pouffèrent dans leur coin.

– Je vous quitte, dit Baptiste avec satisfaction. J'ai du boulot ailleurs.

– Quoi ? hurla Madame Simone.

– Je vous fais cadeau de l'argent que vous me devez ce mois-ci.

Madame Simone resta sans voix pour la première fois de son existence.

– Bonne chance, dit Régine.

Baptiste lui sourit pour la remercier et partit. Le vent soufflait par bouffées chaudes. « Le vent de la liberté », pensa Baptiste. La campagne exhalait des parfums de terre humide. Vert viridien la nature, bleu outremer le ciel. Bientôt le soleil couchant se parerait de laque rouge d'alizarine et s'enfoncerait dans l'horizon bleu de cobalt. Baptiste avait pris un coup de lune comme d'autres prennent un coup de soleil. Mais la lune rend fou, c'est bien connu.

Chapitre 6

Baptiste passa son bras sous sa tête et contempla la noirceur de la coupole refermée. Il avait fait sa couche dans la pièce, l'astronome dormant dans le bureau, en dessous. À sa grande surprise, il avait découvert que des chauves-souris squattaient l'observatoire. Il devinait leurs déplacements dans le plus profond de la nuit. Elles étaient très petites et très noires. Compagnes pour son sommeil…

M. Nathan et lui avaient fait des plans: «des plans sur la comète», avait dit M. Nathan en riant toute la soirée. À croire que tout cela allait être facile. Ils avaient regardé le coucher du soleil sur le pic de Saint-Cyprien. Ils avaient observé les étoiles. M. Nathan avait modifié l'orientation de la lunette pour ne plus être gêné par la lumière de la Lune descendante. Baptiste connaissait, comme tout le monde, la Grande Ourse et l'étoile Polaire. Mais il ignorait que l'étoile Polaire était verte. Il apprit aussi que Bételgeuse était rouge,

Aldébaran orange et Régulus bleue. Mieux, il pouvait le voir par lui-même. Sa préférée était Arcturus, jaune orangé, dans la constellation du Bouvier. M. Nathan lui expliqua que la couleur dépendait de leur chaleur. Plus elles étaient blanches, plus elles étaient chaudes. Plus elles étaient rouges, plus elles étaient froides. Ce qui restait, somme toute, assez relatif. Toutes ces étoiles étaient des soleils brûlant leur carburant.

Baptiste sentit le courant d'air sur sa joue. Une chauve-souris l'avait frôlé. Il s'endormit, rassuré par cette présence animale, pourtant peu plaisante. Mais elle existait, plus concrète que les rêves et les étoiles inaccessibles.

*
* *

Baptiste eut une moue critique devant la vieille 404 de l'astronome.

– Mais si, elle marche ! dit M. Nathan.

Il s'acharna quelques secondes sur son démarreur.

– En tout cas, elle marchait il y a un mois…

La voiture était garée sous les arbres qui

l'avaient recouverte de feuilles pourrissantes et de brindilles.

– La batterie est à plat, constata Baptiste devant les efforts désespérés de l'astronome.

– Je sais! répondit M. Nathan, exaspéré. Tu vas m'apprendre comment fonctionne une voiture, peut-être? Je conduis depuis les années vingt! Non mais sans blague!

M. Nathan n'était pas un savant distrait, détaché des réalités de ce bas monde. Il avait une recharge pour sa batterie et un bidon plein d'essence. Qui plus est, il aimait se plonger dans la mécanique de son moteur.

– Et voilà! conclut-il en vérifiant l'huile. Bonne pour le service!

– Alors, on y va? demanda Baptiste.

Sa question ne contenait pas d'impatience, seulement une forme d'incrédulité. Jusqu'à présent, il n'avait pas tout à fait cru à l'aventure.

– Pourquoi, tu as changé d'avis?

– Non.

S'il avait su comment conduisait l'astronome, il aurait réfléchi avant de le suivre. Car celui-ci n'avait pas révisé sa conduite depuis les années vingt, également. Il ignorait les stops, les feux rouges et la priorité. Il roulait, en règle générale, au milieu de la route et à gauche dans les virages, en klaxonnant joyeusement. Baptiste s'accrocha à sa fenêtre ouverte en serrant les dents. Pour tout arranger, l'astronome faisait du cent dix sur les départementales.

– J'ai encore de beaux jours devant moi ! finit par crier Baptiste. Ralentissez !

M. Nathan lui rit au nez et accéléra en négligeant un autre stop. Baptiste se résigna en fermant les yeux.

Il ne les rouvrit que lorsque la voiture s'arrêta enfin. M. Nathan s'était garé à une place marquée « réservée à l'administration », dans le parking de la Compagnie du Téléphone, derrière la poste centrale.

– Vous n'avez pas le droit de vous mettre là, remarqua Baptiste.

– Rien à foutre, jeune homme, répondit M. Nathan. J'emmerde l'administration !

– Vous ne seriez pas ce qu'on appelle un anarchiste ? demanda Baptiste.

– Pas du tout. Je suis juste un je-m'en-foutiste

et j'emmerde l'administration et les fonctionnaires!

– Mais c'est à eux qu'on va avoir affaire! s'exclama Baptiste.

– Je m'en réjouis à l'avance!

Baptiste commençait à paniquer. Il ne fallait pas laisser parler l'astronome ou c'était la catastrophe assurée. Il imagina un instant ce qui allait se passer. Un vieux timbré et un débile mental. Voilà ce qu'on allait penser d'eux. Il avait envie de s'enfuir en courant.

M. Nathan, très à son aise, se pencha par-dessus le comptoir et s'adressa à la réceptionniste.

– Ma chère enfant, j'ai rendez-vous avec le directeur.

– Au fond du couloir, répondit la réceptionniste sans lever les yeux.

M. Nathan salua comiquement et entraîna un Baptiste de plus en plus traumatisé.

– Mais on n'a pas rendez-vous… gémit-il.

Ils arrivèrent au bureau de la secrétaire.

– On vous demande à l'accueil, dit M. Nathan.

La secrétaire, quarante ans, la bouche pincée, le regarda sans aménité.

– Ah bon.

– Oui, je n'ai pas très bien compris, mais il semblerait qu'il y ait eu un petit problème avec votre voiture... Un accrochage ou quelque chose...

La secrétaire bondit hors de son siège.

– Ah non ! Ces imbéciles avec leurs camions ! C'est la troisième fois, monsieur ! La troisième !

Elle disparut au pas de charge en maugréant.

– Qui a jamais vu un postier conduire, ricana M. Nathan, sait à quoi s'attendre quand il rentre au parking !

Il frappa sans traîner plus longtemps et ouvrit la porte avant que la réponse ne parvînt. Il avait noté au passage le nom sur la plaque.

– Cher monsieur Dubon, je suis ravi de vous rencontrer enfin !

Le directeur, ainsi apostrophé, leva un sourcil interrogateur.

– Mais... à qui ai-je l'honneur ?

M. Nathan, après un coup d'œil circulaire dans la pièce, sut exactement ce qu'il devait dire. Il avait remarqué les trophées de golf sur les étagères et les gravures style moderne sur les murs.

– Gabriel Nathan. Nous venons pour les poteaux.

– Les poteaux ?

– Vous êtes bien au courant ? demanda M. Nathan. Le ministère y tient beaucoup…

– Le mini…

– Nous avions rendez-vous !

M. Dubon appuya sur le bouton de l'interphone.

– Martine ? Martine !

– Elle a dû s'absenter… Les bons employés sont difficiles à trouver, de nos jours !

– À qui le dites-vous ! râla le directeur. Mais pour en revenir à notre discussion…

– Les poteaux, dit M. Nathan.

– Vraiment, je ne comprends pas très bien.

– Pour… pour le radio… commença Baptiste, écarlate et bégayant.

L'astronome posa sa main sur son avant-bras et serra.

– Mon apprenti, dit-il. Il a été très impressionné quand la radio est venue m'interroger. Le projet fait du bruit dans les médias.

À ce point-là de la conversation, M. Dubon

n'avait que deux options: ou il continuait à être l'imbécile, ou il prenait le train en marche. Son ego eut le dernier mot.

– Les poteaux! s'exclama-t-il. Où avais-je la tête!

– Rien que les vieux, c'est bien entendu, précisa M. Nathan.

– Évidemment! Heu... Combien... Je crois que j'ai égaré le dossier... Combien de poteaux?

– Oh, mille devraient suffire...

M. Dubon eut l'air de quelqu'un qui venait d'avaler son club de golf.

– Il nous faudra la plaque, aussi.

M. Nathan décida de lui jouer la comédie jusqu'au bout. Il s'amusait énormément, ce qui n'était pas le cas de Baptiste.

– Ça va être formidable! Mille poteaux, cinquante kilomètres de câbles! Le sol aride et désertique, l'homo sapiens à son balbutiement... La terre inculte qu'il faut ensemencer! Quel symbole! La nature sauvage domptée par la technologie la plus avancée: les Télécom! Ce sera le chef-d'œuvre de toute ma carrière! Vous n'oublierez pas les câbles... Et sur la plaque:

Réalisé avec le concours de M. Dubon, France Télécom.

– Il faut livrer où? demanda M. Dubon, conquis.

– Sur le plateau de Saint-Cyprien. Un lieu reculé, je l'admets. Mais comme je le disais hier encore à la radio, c'est pour exprimer toute la force des télécommunications. Le bout du monde accessible en huit chiffres sur un cadran!

– Tout à fait, tout à fait! s'enthousiasma le directeur.

– J'étais sûr qu'on pouvait compter sur vous, conclut M. Nathan.

* * *

Baptiste avait les jambes en coton en sortant du bâtiment.

– Ça ne va pas marcher, gémit-il. Il va se renseigner, ça va foirer…

– Mais non! répondit M. Nathan. La seule chose dont il va s'occuper, c'est de faire graver son nom sur la plaque! Bon… Maintenant, il nous faut un marteau-piqueur!

– Un quoi?

– J'ai bien réfléchi à la question. Pour forer un trou dans le plateau, je ne vois que le marteau-piqueur !

– Mais comment je vais me servir de ça ? protesta Baptiste.

– Ce ne doit pas être sorcier. Et je t'assure que ce sera plus facile qu'avec une barre à mine ! Dont tu ne sais pas te servir non plus, soit dit en passant…

– Mais une grosse pioche…

– … ne s'enfoncera pas à plus d'un centimètre !

Ce jour-là, Baptiste apprit à ses dépens que l'astronome était plus têtu qu'une mule. Il le suivit donc, résigné, en proie au doute et découragé.

On n'achète pas un marteau-piqueur à la droguerie du coin. Il leur fallut s'adresser à un spécialiste de matériel de chantier qui ne les vendait que par lots de cinq. Baptiste assista à une joute oratoire digne des meilleurs marchandages de souk arabe. Il en était presque content d'être sourd. M. Nathan finit par emporter le marché en achetant tout un attirail de pinces et d'outils en sus du marteau-piqueur.

– C'est ce que j'appelle une bonne journée ! dit M. Nathan en reprenant le volant.

Baptiste préféra ne pas commenter et s'accrocha à sa ceinture de sécurité.

*
* *

Chaque jour qui s'écoulait, Baptiste s'attendait à voir débarquer la police. Il ne pouvait pas croire que le directeur de la Compagnie du Téléphone se soit laissé berner aussi facilement. D'ailleurs, cela était confirmé par le fait que rien ne se passait. L'astronome prétendait que c'était parfaitement normal. Il fallait de la patience avec l'administration ! Pour s'occuper, ils arpentaient le plateau en le quadrillant avec du fil de fer. À chaque intersection, ils peignaient une pierre en rouge. Elle signalait à quel endroit il faudrait creuser. Baptiste s'essaya au marteau-piqueur. Il arrivait à peine à le tenir droit. Il faillit s'écraser le pied avec. M. Nathan le regardait faire d'un œil critique. Finalement, il alla lui chercher ses haltères dans le fin fond de son bureau.

– Ce qu'il te faut, c'est des muscles ! décréta-t-il.

À partir de ce moment, la vie de Baptiste devint un enfer. L'astronome lui faisait faire le tour du plateau au pas de course, trente pompes au petit déjeuner et une demi-heure d'haltérophilie. Pour tout arranger, il l'obligeait à manger des haricots verts. Baptiste pensa tout abandonner au bout de cinq jours. Et puis, curieusement, il commença à prendre goût à l'exercice physique. Un des avantages à soulever des poids est que le résultat est visible très vite. Baptiste se surprenait à admirer ses biceps dans le miroir. Il avait toujours pensé être un de ces cas désespérés qui restent maigres comme un clou même en avalant dix assiettes de nouilles quotidiennement.

Il réussit à creuser un vrai trou. Il en était très fier. M. Nathan sourit devant l'exploit et dit sinistrement :

– Plus que neuf cent quatre-vingt-dix-neuf ! À ce rythme-là, mon garçon, on aura terminé en l'an deux mille !

Baptiste, suant toute l'eau de son corps, tenta une estimation : l'effort était si énorme qu'il ne pourrait jamais faire plus de trois trous par jour.

Un an au moins, rien que pour les trous ! Il n'y survivrait pas.

– De toute façon, on n'a pas les poteaux ! répondit-il par vengeance.

Et juste comme il prononçait ces mots, quatre camions débouchèrent sur le plateau.

*
* *

Les moutons du père Théodore s'abreuvaient à la lavogne* du bas plateau. Normalement, Rivette s'y serait intéressé. Mais son attention était toute consacrée à l'agitation sur le haut plateau. Déjà, il avait remarqué l'étrange dessin de fils et de peinture rouge. Et maintenant, des étrangers déchargeaient des tonnes de poteaux en bois. Il fut soulagé de voir les camions repartir. Ils avaient fait suffisamment de dégâts en roulant sur le chemin, arrachant les broussailles, l'écorce des arbres et un grand nombre de branches. C'était même étonnant qu'ils aient pu passer par là. Le jeune homme s'escrimait à soulever un des poteaux, sans succès. C'en était presque comique. Finalement, ce vieux fou d'astronome proposa de

* *Lavogne :* mare formée sur une couche étanche d'argile.

le traîner avec un filin d'acier attaché à la 404. À quoi cela allait servir était un mystère pour Rivette.

Renonçant à comprendre, Rivette quitta le col et descendit vers la lavogne. Il s'arrêta à quelque distance. Oui, la ligne d'eau avait baissé. Encore un mois de sécheresse et il n'y aurait plus rien qu'un fond d'argile boueuse. Le père Théodore devait perdre les derniers cheveux qui lui restaient.

Rivette prit la trace sur la crête et plongea dans la bordure de noisetiers en contrebas. Il sortit son laguiole* et coupa une branche en Y. Il l'observa sous tous les angles et la jugea bonne. Il la glissa dans sa ceinture et continua sa route.

*
* *

Baptiste, en décidant de s'installer à l'observatoire, avait cru qu'il aurait plus qu'une compagnie en la personne de l'astronome. Il pensait avoir un ami. Mais il s'aperçut bien vite que ce n'était pas exactement ce qu'il avait espéré. Certes, il s'entendait à merveille avec le vieil

* *Laguiole :* célèbre marque de couteaux fabriqués à Laguiole.

homme. Il apprenait des dizaines de choses extraordinaires et il en accomplissait quelques-unes de pas mal non plus. Il lui manquait pourtant l'essentiel. Ce qu'il avait cherché auprès de sa mère sans succès. La tendresse.

Baptiste profitait des rares moments d'absence de l'astronome pour lui voler son album de photos. Car la seule vraie tendresse, il ne la trouvait que dans le visage de Maman Cécile. La plus belle de ces photographies anciennes représentait Cécile et son bébé dans les bras. M. Nathan, Gabriel, un petit bébé à l'expression malicieuse, les yeux perdus vers sa maman. Que d'amour dans ce regard échangé entre eux ! Il y avait un regard comme celui-là dans son livre sur Léonard de Vinci. Dans *La Vierge, l'Enfant Jésus et sainte Anne.* Entre la Vierge et son fils, couvés tous deux par une sainte Anne au sourire presque amusé. Il adorait ce tableau. Non pas pour son sujet religieux, mais parce qu'il parlait d'amour filial. Une mère et son enfant. Cela lui faisait mal, quelque part dans les côtes.

Un autre de ses plaisirs était le livre sur Turner. Enfin, il avait pu voir les peintures de lumière. Il les avait tellement voulues qu'il fut déçu sur l'instant. Et puis, avec un peu plus de réflexion, il commença à les aimer. Autant son attraction pour Vinci ou Monet avait été spontanée et violente, autant son intérêt pour Turner fut long à venir. En fait, son trouble était d'une nature différente. Cela ne venait pas de cette chose incompréhensible qu'on localise généralement dans la poitrine. Non. C'était dans la tête. Les œuvres de Joseph n'étaient ni belles ni même agréables. Elles étaient pures. Et plus Joseph peignait, plus il se rapprochait de la pureté. À contempler sa peinture, Baptiste apprit que la pureté ne vous est pas donnée à la naissance. Que c'était comme pour tout le reste, cela s'acquiert. On apprend à être pur. On apprend à aimer. On apprend à vivre.

Chapitre 7

– J'ai une bonne nouvelle, dit M. Nathan.

Baptiste leva un regard ensommeillé vers lui.

– Je ne fais pas de pompes, aujourd'hui ? demanda-t-il.

– Si. Quarante.

Baptiste bâilla et s'étira.

– J'ai fait un calcul, cette nuit, et je crois que nous pouvons nous en tirer en plantant sept cents poteaux, seulement.

– Seulement ! maugréa Baptiste.

– La mauvaise nouvelle, c'est que j'ai sous-estimé le câblage. Il nous manque une trentaine de kilomètres de fil électrique. Mais c'est un très petit problème, facile à résoudre.

– Génial.

– Oh, on n'est pas très enthousiaste, ce matin !

– Si vous croyez que c'est marrant de creuser des trous !

– C'est toi qui l'as voulu, remarqua M. Nathan.

– Je sais.

– Allez, trente-cinq pompes au lieu de quarante, dit l'astronome, bon prince.

Baptiste eut envie de l'étrangler. Il finit par en rire. Il s'aperçut alors que M. Nathan avait mis un costume.

– Vous allez quelque part ?

– À la messe. On est dimanche. Et j'ai négligé mes devoirs de ce côté-là depuis longtemps... Et, à mon âge, il est prudent de se mettre en règle avec le Ciel... au cas où.

– Ne dites pas ce genre de choses. Ça me fait peur.

– Mon garçon, j'ai quatre-vingt-dix-huit ans ! Et aucun regret. Je ne demande qu'une dernière faveur dans ce monde : voir mon pulsar tracer une ligne sur le papier. J'espère bien tenir jusque-là. Mais ça, ça dépend beaucoup de toi !

– Comptez sur moi.

Baptiste se dépêcha de se lever et s'habilla en hâte.

– Est-ce que je peux vous accompagner ? Ce

n'est pas que je sois très pieux... J'aimerais connaître un peu le village.

– Je n'irai pas jusqu'à dire que les habitants sont sympathiques. Mais l'église vaut le détour.

Baptiste ne sut pas trop ce qu'il devait comprendre. Apparemment, l'astronome n'avait pas de très bons rapports avec les villageois. Ils prirent la 404, et Baptiste pensa que, si M. Nathan conduisait comme ça dans Saint-Cyprien, il ne devait effectivement pas être bien accueilli.

M. Nathan freina brutalement. Un mouton le regardait stupidement du beau milieu de la route.

– Non mais quel crétin, celui-là ! grogna-t-il en klaxonnant. Je déteste les moutons !

L'animal se décida enfin à bouger. Il partit sur le talus.

– Vous détestez beaucoup de monde, remarqua Baptiste.

– Uniquement ceux qui me pompent l'air, répondit M. Nathan. Je suis trop vieux pour changer de caractère et je n'ai plus le temps de patienter.

La voiture passa le col et redescendit vers Saint-Cyprien. Le clocher émergeait de la brume matinale. La journée s'annonçait très chaude pour la saison. Les premières maisons étaient inhabitées. La population se concentrait autour de la place de la mairie, qui était aussi la place de l'église et de l'épicerie-bar-tabac-hôtel-papeterie. M. Nathan se gara n'importe comment le long du trottoir.

Des petites filles jouaient à la marelle sur le parvis. Une mère souriante les appela pour les faire entrer dans l'église. Il y avait un peu de monde qui s'apprêtait pour la messe. Et deux ou trois piliers de bar accoudés devant leur ballon de rouge. Baptiste avait l'impression que tous les regards étaient tournés vers lui. Il n'avait pas entièrement tort. Il n'y avait pas encore de touristes à cette époque. Et de toute évidence, l'astronome était connu. Il s'arrêta pour saluer M. le maire.

– Et alors, monsieur le maire, dit M. Nathan. Combien d'électeurs en moins, cette année ?

Le maire, Manzoni, trouva cela moyennement amusant.

– L'exode rural n'est pas un sujet de plaisanterie, répondit-il. Et les enterrements, non plus.

– Moi, les enterrements me font marrer, renchérit M. Nathan. Le mien me ferait mourir de rire… si je n'étais déjà mort, bien entendu !

Baptiste ne s'était pas aperçu que l'astronome s'était arrêté. Il continua jusqu'aux marches de l'église et, se retournant, se vit seul et paniqua l'espace d'une seconde. Son visage devait refléter son angoisse, car une femme d'une cinquantaine d'années s'adressa à lui. Comme il cherchait l'astronome, Baptiste n'en eut pas conscience. Une main se posa sur son avant-bras. Il poussa un petit cri de surprise. Deux yeux noirs et vifs le scrutaient jusqu'au fond de l'âme. Ce n'était ni inquiétant ni désagréable, car il y avait, dans ces yeux-là, assez d'amour et de douceur pour faire pleurer une horde de Huns.

– Vous avez l'air un peu perdu, jeune homme, dit la femme.

Baptiste fut incapable de parler. Ce n'étaient pas les mots qui lui manquaient. Il ne voulait pas que cette femme-là entende sa voix déformée. Il ne voulait pas qu'elle sache qu'il était sourd. Il sourit vaguement et secoua la tête. L'astronome se présenta enfin.

– Bonjour, madame Manzoni, la salua-t-il. Ah ! Vous avez fait connaissance avec Baptiste.

– Si on peut dire ! s'exclama-t-elle joyeusement. Mais je vous en prie, faites donc comme tout le monde et appelez-moi Charité.

À ce moment, M. Nathan fit une chose que Baptiste crut ne jamais pouvoir lui pardonner.

– Ne croyez pas que Baptiste soit mal élevé, dit-il, il est sourd. Mais il lit très bien sur les lèvres. Il est même d'une habileté exceptionnelle ! Juste qu'il faut articuler...

– J'entends bien, répondit Charité.

Elle éclata de rire.

– Excusez-moi, je ne fais pas attention à ce que je dis ! C'est drôle, n'est-ce pas ? J'ai dit : j'entends bien !

Et elle recommença à rire.

– Charité ! protesta le maire qui venait d'arriver. Tu ne te rends pas compte que c'est vexant ?

– Ça ne fait rien ! lâcha Baptiste, malgré lui.

– Tu vois, Manzoni ! Il n'est pas vexé du tout !

Contre toute attente, Baptiste fut pris de fou rire. Charité avait une telle spontanéité que personne ne pouvait lui en vouloir.

– Institutrice depuis trente ans et mère de cinq enfants, dit Manzoni. Et toujours pas un gramme de sagesse !

– La vraie sagesse, c'est prendre tout du bon côté ! répliqua Charité.

Charité passa familièrement son bras sous celui de Baptiste et l'entraîna dans l'église.

– Les hommes sont barbants, commenta-t-elle plus pour elle-même que pour lui.

Ils allèrent s'installer au premier rang. Baptiste admira la simplicité de l'architecture. Mais il trouva que l'énorme masse des orgues gâchait l'ensemble. Baptiste se savait observé par les villageois. Ce dimanche-là, il y en eut plus d'un qui ne retint rien du sermon du curé. À la fin de la messe, Baptiste vit avec surprise le curé déplacer son corps bedonnant pour courir jusqu'à l'orgue. Il était le seul à pouvoir en jouer et il aurait été impensable qu'il ne fasse pas son petit concert. Tout le monde resta à sa place. Le curé prenait très mal qu'on s'en aille quand il jouait.

Baptiste ressentit alors quelque chose d'extraordinaire. Comme une crampe dans le ventre, une vibration qui le fit trembler. Cela se reproduisit plusieurs fois, par intermittences, tout le temps que le curé actionnait l'orgue. Et cela cessa quand la musique s'arrêta. Tandis que tous sortaient de l'église, Baptiste marcha jusqu'à l'orgue. Le curé, descendant de son perchoir, faillit lui rentrer dedans.

– Vous avez aimé Bach ? demanda-t-il.

– Quoi ? dit Baptiste.

– Je ne suis pas un organiste hors pair, répondit le curé, mais quand même, on reconnaît ce que je joue ! C'était du Bach !

– Je... je suis sourd !

Le curé Goussain devint écarlate.

– Je ne trouve pas ça drôle ! Vous devriez avoir honte !

– Mais c'est vrai ! gémit Baptiste, désemparé. Je ne me moque pas de vous !

Baptiste fut sauvé par l'intervention de Charité.

– Enfin, monsieur le curé, qu'est-ce que vous faites à ce pauvre garçon ?

– Qui, moi ? Mais c'est lui qui...

Il regarda Baptiste puis Charité.

– Je ne comprends rien à cette histoire ! Il me dit qu'il est sourd et répond à mes questions ! C'est normal, ça ?

– Tout à fait, dit Charité.

– Bon, je suis idiot dans ce cas. Mais oui, je suis idiot ! Mon cher enfant, je n'avais pas remarqué votre appareil !

– Il ne sert à rien, dit Baptiste. Je lis sur les lèvres.

– Décidément, il y a quelque chose qui m'échappe, reprit le curé. Pourquoi porter un appareil qui ne sert à rien ?

– Ça fait des clics... J'entends des espèces de clics avec.

Charité eut une expression qui signifiait : « Il déraille, le malheureux. » Mais le curé réagit aussitôt.

– Ah, je sais ! C'est comme lorsque je tiens le diapason entre les dents ! Le son passe par la boîte cranienne !

– C'est ce que croit M. Nathan, acquiesça Baptiste.

– Tu as déjà tenu un diapason entre les dents ? demanda le curé.

– Je n'ai jamais vu de diapason, répondit Baptiste.

– Il faut que tu essaies ça ! s'enthousiasma le curé. Quel dommage que tu n'aies pas entendu mon Bach...

– Quelle chance, plutôt ! plaisanta Charité.

– Justement... commença Baptiste. Je pense que j'ai... j'ai senti la musique...

M. Nathan s'était approché par-derrière. Il tapa sur l'épaule de Baptiste.

– Tu as raison, lui dit-il. Les notes les plus basses de l'orgue ne sont pas perceptibles par l'oreille humaine. On les perçoit par le ventre. Ce sont les vibrations de l'air que tu as ressenties.

– Quel est l'intérêt de notes qu'on n'entend pas ? demanda Charité.

– On les utilise en harmonie avec les autres, expliqua le curé Goussain. Ce qui rend unique le son de l'orgue, précisément.

Le curé avait retrouvé sa faconde habituelle. Ses sautes d'humeur étaient fréquentes mais toujours de courte durée. Il était ce que l'on appelle « soupe au lait ».

– Revenez me voir dans la semaine, dit-il à

Baptiste. On se fera un petit concert particulier… Je ne vous chasse pas, bien évidemment, mais il y a le vin d'honneur à la sacristie. Ces dames seraient fâchées que je sois en retard !

– Elles sont sans pitié, répondit Charité.

– Il y a des jours où tu portes mal ton nom, Charité ! rétorqua le curé.

– Elles m'énervent, dit Charité. Je n'y peux rien, c'est viscéral ! Et puis, je peux bien râler un peu, de temps en temps… À l'impossible nul n'est tenu. Le dimanche, je me repose. La semaine, c'est moi qui les accueille ! Vous ne vous rendez pas compte, monsieur le curé, ce que c'est que d'avoir les sept plaies d'Égypte, tous les jours, à l'heure du thé !

– Charité ! protesta le curé, tout en souriant. Elles sont sept, d'accord, mais plaies d'Égypte, tu pousses un peu !

– Allez, je les aime bien quand même ! dit Charité en guise de conclusion.

Le curé Goussain répéta à Baptiste de venir dans la semaine et s'en alla rejoindre « ces dames ».

– Je vous inviterais volontiers à déjeuner,

expliqua Charité, mais j'ai déjà douze personnes à table, aujourd'hui. Mais une autre fois, oui ?

– Merci, répondit M. Nathan. Une autre fois.

Baptiste se sentait comme un chien errant prêt à suivre le premier passant. Il avait envie de partir avec Charité.

– Ouf, dit M. Nathan en la regardant s'éloigner. Ils sont bien gentils, mais qu'est-ce qu'ils sont collants !

– Je sais ce que vous êtes, remarqua Baptiste. Ce n'est pas anarchiste, c'est misanthrope !

– Indépendant, jeune homme, indépendant !

– Eh ben, c'est pareil... C'est rester seul, finalement.

M. Nathan allait répliquer lorsqu'il fut violemment apostrophé sur le perron de l'église. Un homme au visage rougeaud lui sauta presque dessus.

– Ah, je vous tiens ! cria-t-il.

M. Nathan poussa un soupir.

– Qu'est-ce que vous voulez encore, Théodore ?

– Il me manque un mouton !

– Et qu'est-ce que vous voulez que j'y fasse ?

– Me le rendre !

– Vous déraillez, Théodore ! Je ne l'ai pas, votre saleté de mouton !

– Ne faites pas semblant de ne pas comprendre ! Je vous ai vu, pas plus tard que ce matin, essayer d'en écraser un sur la route !

– Je l'ai évitée, votre imbécile de bestiole ! Et d'ailleurs, ça serait bien de leur faute si elles finissaient sous mes roues !

– Pour augmenter votre tableau de chasse ? Je suppose que deux, ce n'était pas suffisant ?

– Le premier était rentré chez moi ! Je n'y peux rien s'il s'est pris pour une chèvre en montant l'escalier de fer ! Quand on est aussi maladroit, on ne fait pas de l'équilibre ! Et de toute façon, je vous les ai payés tous les deux ! Et l'autre s'était jeté sous ma voiture, alors hein, foutez-moi la paix ! Je ne vais pas payer les moutons que les autres ont écrasés !

– Ça ne se passera pas comme ça ! hurla Théodore, au bord de l'apoplexie. Je me plaindrai à M. le maire !

– C'est ça, faites donc ! répondit M. Nathan en l'écartant de son chemin.

– Je le dirai à M. le maire! répéta Théodore.

M. Nathan entraîna Baptiste au plus vite vers la voiture.

– Ces paysans! grogna-t-il. Ils sont prêts à tout pour vous escroquer de quelques billets!

La scène avait eu de nombreux témoins. Et cet incident allait avoir plus de répercussions qu'aucun n'aurait pu le prévoir.

Assis sur une ancienne borne d'attache pour les animaux, Rivette assista au départ de la 404. Il n'était pas allé à la messe, il ne mettait jamais les pieds dans l'église. De là où il était installé, il avait remarqué deux choses.

La première lui avait fortement déplu. Charité s'était prise d'amitié pour le jeune crétin.

La deuxième, le père Théodore avait fait un esclandre devant tout le monde. Le vieil astronome ne s'en était pas laissé conter, bien sûr... mais que tout cela était intéressant!

Rivette se leva et traversa la place. Il voulait jeter un regard par la fenêtre ouverte de la maison du maire. Un endroit où il n'avait jamais été invité à entrer. Un endroit qui lui était interdit.

Il longea le mur et risqua un œil. Charité devait être à la cuisine. Il n'y avait que la petite Lucie, la dernière de ses cinq enfants, qui dressait la table. Elle se concentrait sur sa tâche avec un tel sérieux que Rivette esquissa un sourire. Lucie était grande pour ses huit ans, fine mais solide, aux longs cheveux blonds et aux yeux noirs. Elle était belle, vive et gaie comme un cabri de montagne.

– Les couteaux à droite, les fourchettes à gauche... murmurait Lucie en plaçant les couverts.

Lucie, c'était la préférée de Rivette. Elle ressemblait à sa mère. Rivette, l'odieux Rivette, le rebouteux, le sourcier, celui qui détestait tout le monde et qui n'était aimé de personne, avait un faible pour Lucie. Et il ne pouvait pas le lui dire. Il ne pouvait pas lui adresser la parole. Il ne pouvait même pas lui sourire. Si jamais elle le surprenait, Charité se jetterait sur lui comme une furie.

Ah, Charité... Comme il aurait voulu l'aimer, elle aussi. C'était trop tard. Trop tard pour tout. À force de fuir les autres, les autres l'avaient fui.

Et désormais, Rivette en avait pris l'habitude. Une habitude terrible : celle de la haine.

Lucie se retourna, le vit et poussa un cri.

Chapitre 8

M. Nathan était plongé dans ses papiers. Si d'aventure Baptiste passait dans son bureau, il cachait les feuilles sous son coude comme un écolier pendant un examen. Baptiste ne s'en préoccupait pas trop, il pensait que l'astronome faisait des calculs. Il avait cependant noté chez le vieil homme une fébrilité qui ne s'était jamais manifestée auparavant. Il mit cela sur le compte de l'excitation.

M. Nathan sortit enfin de son observatoire. Il avait une grande enveloppe maladroitement dissimulée sous sa veste.

– J'ai quelques courses à faire en ville, dit-il. Je reviens pour le déjeuner.

– Vous pourriez ramener une pizza ? demanda Baptiste.

– Du steak... et des haricots verts.

– Une pizza, rien qu'une fois ! gémit Baptiste.

M. Nathan ne daigna même pas lui répondre. Baptiste le regarda partir. Après tout, il pourrait peut-être enfourcher le scooter et filer jusqu'à l'épicerie de Saint-Cyprien, histoire de s'empiffrer de chips ! Il se tourna vers le plateau et renonça à son idée. S'il n'avait pas fait deux trous avant le retour de M. Nathan, l'astronome allait soupçonner quelque chose...

Baptiste plissa les paupières. Oui... Là-bas, tout au bout de leur quadrillage de fil de fer... Une tache blanche. Baptiste traversa le plateau rapidement. La tache blanche bougeait bizarrement. Il s'arrêta et poussa un soupir. Ça, c'était le bouquet ! Un mouton s'était emmêlé les pattes dans le fil. Il saignait car le fil était coupant, Baptiste en avait fait lui-même l'expérience.

– Comment t'as fait pour t'emberlificoter comme ça, toi ?

L'animal leva des yeux suppliants vers lui. Il en eut le cœur serré. Il posa sa main sur le corps du mouton qui tremblait de peur.

– Attends... J'ai des pinces, je vais te libérer mais ne gigote pas, imbécile !

Baptiste eut beaucoup de peine à détacher le

mouton, en grande partie parce que celui-ci se débattait. Dès qu'il croyait en avoir fini, la bête se précipitait dans un autre fil. Elle ne tenait pas debout, plus en raison de sa peur que de ses blessures. Baptiste la souleva dans ses bras et la porta jusqu'à la lisière du bois.

Là, essoufflé, il déposa le mouton. Et maintenant, que devait-il en faire ? Il hésitait à le laisser sans soins. Mais comment ça se soigne, un mouton ? Il finit par décider que le mieux était de l'emmener jusqu'à l'observatoire. Il pourrait, au moins, nettoyer les plaies. Il reprit l'animal dans ses bras, se félicitant de faire quarante pompes tous les matins. Il n'entendit pas les cris dans son dos. Il marchait tranquillement lorsqu'une forme bondit devant ses yeux. Il eut très peur sur l'instant puis il reconnut le père Théodore. Celui-ci brandissait son bâton en vociférant. Baptiste ne comprenait rien.

– Ah, je t'y prends cette fois ! hurlait le berger. Sale petit voleur ! Rends-moi ma bête tout de suite !

– Quoi ? répondit Baptiste. Parlez doucement, je ne...

– Qu'est-ce que tu lui as fait ? Mais qu'est-ce que tu lui as fait ? Tu as voulu lui trancher la gorge ? Ordure, voleur, assassin !

Baptiste serrait le mouton contre lui. Théodore essaya de le lui arracher par la force.

– Mais je... mais je... Il s'est blessé dans les fils...

Théodore ne l'écoutait pas, trop sûr de son bon droit.

– Ah, ah ! Pris sur le fait ! Je vais prévenir les gendarmes et tu finiras en prison !

Baptiste n'arrivait plus à parler. Théodore récupéra enfin son mouton mais ne se calma pas pour autant.

– Je le savais ! Je le savais bien que vous me voliez mes bêtes ! Tout ça, c'est pas honnête ! Vos machins partout sur le plateau ! Vous vous prenez pour qui, hein ? Il n'est pas à vous, le plateau ! Quand M. le maire sera au courant, il fera enlever tout le bidule et vous irez en prison, le vieux fou et toi, sale petit voyou ! Voler des moutons, si c'est pas une honte de voir ça !

– Il s'est pris dans les fils... commença Baptiste.

Le père Théodore était déjà parti, continuant de discourir tout seul. Baptiste se dandinait d'un pied sur l'autre, incapable de réagir. Cela sentait les ennuis. Ce n'était pas sa faute, pourtant. Il se réfugia dans le travail. Creuser des trous, ça vous empêche de penser. Il fut pris de panique quand une voiture déboucha près de l'observatoire. Il crut que c'étaient les gendarmes. Avec soulagement, il reconnut la 404. M. Nathan en descendit et jeta un regard critique sur les trous.

– Ce n'est pas assez profond, dit-il. Tu ne t'es pas fatigué, ce matin !

– Il y a... il y a un problème.

– Quoi donc ? Des rochers ?

– Non, non ! Un mouton s'est blessé dans le fil de fer.

– Au diable, les moutons ! Qu'ils crèvent !

– Mais... mais je l'ai libéré. Je... je voulais le soigner mais, mais...

– Eh là ! Qu'est-ce que tu bafouilles ?

– Théodore.

– Théodore ? Oh, la barbe... il s'en est aperçu ?

– Il m'a traité de voleur, dit Baptiste en

devenant écarlate. Il va prévenir les gendarmes et je vais aller en prison !

– Bien sûr que non ! Qu'il m'emmerde une fois de trop, le Théodore, et je transforme son troupeau entier en méchoui !

– Il a dit que le plateau n'était pas à nous.

– Heu, non, en effet. Il appartient à la commune.

– Qu'est-ce qu'on va faire ?

– Comme d'habitude, cette question ! Creuse-moi un peu mieux ce trou-là... Ah, au fait, j'ai acheté une pizza.

Baptiste réussit enfin à sourire. Dans le fond, M. Nathan avait peut-être raison : il ne se passerait rien du tout.

*
* *

M. Nathan lisait une de ces revues scientifiques dont il était friand. Il fronçait les sourcils. Baptiste dégustait sa pizza en se dorant au soleil. Lui, d'ordinaire si pâle, avait bronzé au grand air. Il avait l'impression d'avoir vieilli. Son corps d'adolescent attardé s'était transformé. Il avait l'air d'un jeune homme, désormais.

M. Nathan faisait de plus en plus de grimaces pendant sa lecture.

– Ça ne vous plaît pas, l'article ? demanda Baptiste.

– Hein ? Ah non, ce n'est pas ça...

L'astronome soupira et referma le magazine.

– C'est un article qui met mal à l'aise, expliqua-t-il. C'est sur les personnes qui ont perdu un bras ou une jambe et qui continuent de sentir leur membre amputé...

– Ah... Ce doit être bizarre.

– Il y en a même qui voient des choses alors qu'ils sont devenus aveugles. Et aussi...

M. Nathan s'interrompit, gêné.

– Des sourds qui entendent des bruits, dit Baptiste.

– Oui. Il paraît que ces bruits ressemblent à des sifflements, des grincements métalliques, des roulements de train... Cela s'appelle « tinnitus », ces bruits. Ce sont des sortes de « fantômes » auditifs. Il y a même des gens qui perçoivent de la musique ! Je... me demandais si... ces clics dont tu parles, ce n'était pas... ça.

– Non, affirma Baptiste. Je les connais vos

fantômes. Parfois, j'entends une voix qui chante une berceuse. Mais les clics, je sais que je les entends vraiment. C'est facile à vérifier : si vous frappez une pièce de monnaie sur un comptoir, par exemple, je vois bien que le geste que vous faites correspond à ce que j'entends !

– Tu es sûr ? Parce que...

– Oui ! J'entendrais le pulsar, j'en suis sûr ! Et puis, même si je l'imagine, l'important est que j'y croie !

– Au pire, répondit M. Nathan, tu pourrais voir le relevé sur l'enregistreur. Comme n'importe quel radioastronome ! Après tout, c'est cela qui compte.

– Pas pour moi. Je veux que les étoiles me parlent.

– Alors, au boulot, mon garçon ! conclut M. Nathan avec une bonne humeur retrouvée.

Baptiste regarda sa première rangée de trous. Plus que trois et elle serait complète.

– Comment on va faire pour planter les poteaux ? On arrive à peine à les traîner !

– Avec un treuil, dit M. Nathan. Il nous sera

livré vendredi. Je l'ai loué pour six mois. J'espère que cela suffira!

Six mois... Une éternité.

*
* *

Dans ses rares moments de repos, Baptiste s'acharnait à lire des livres sur l'astronomie. Au début, il n'avait absolument rien compris. M. Nathan lui avait vaguement expliqué quelques points particulièrement ardus. Mais il était toujours aussi paumé. Baptiste s'entêta. Et les choses devinrent différentes. Il ne saisissait pas tout, surtout pas les formules mathématiques, mais il comprenait instinctivement. Il finit par y prendre du plaisir. Il avait beaucoup aimé un ouvrage sur l'archéo-astronomie. Dès que l'homme avait été l'homme, il avait été fasciné par les astres. Baptiste avait été très impressionné par le site de Stonehenge, en Angleterre. D'énormes pierres dressées avaient été installées en cercle, et indiquaient les mouvements de la Lune et du Soleil. Baptiste songeait avec tendresse à ces hommes qui avaient construit Stonehenge. Il compatissait, il savait ce que c'était que de creuser des trous!

Quatre mille ans entre eux mais la même obsession : observer le ciel. L'homme a des idées fixes.

Il était sept heures du soir. Baptiste profitait de la relative fraîcheur du crépuscule pour se reposer en lisant.

– M. Nathan, dit-il, il y a quelque chose qui me tracasse à propos du début de l'Univers.

– Le big bang.

– C'est ça. Il y a un truc que personne n'explique jamais : c'était quoi, avant ? Ce que je veux savoir, c'est d'où il vient, ce début, d'où il sort ?

M. Nathan sourit et prit son temps avant de répondre.

– Eh bien, mon cher ami, ça, personne ne le sait !

– Peut-être que c'est Dieu, alors...

– Peut-être bien.

– C'est bizarre mais, moi, ça me rassure... Je veux dire, c'est mieux que la science ne réponde pas à toutes les questions. Moi, je veux continuer de rêver...

– Qu'est-ce que c'est que ce remue-ménage ? dit soudain l'astronome.

Baptiste suivit le regard de l'astronome. Du

côté du bois, deux voitures venaient de déboucher, dont une était la 4 L bleue de la gendarmerie.

– Oh non ! gémit Baptiste. Ils viennent pour m'arrêter !

M. Nathan se leva du fauteuil où il s'installait tous les soirs, dehors. Il croisa les bras et attendit, le visage fermé par la colère. De la première voiture, descendirent le maire Manzoni et le père Théodore. De la deuxième, le brigadier-chef Adam sortit, en râlant contre l'exiguïté du véhicule.

– Tenez, vous voyez bien qu'il a l'air coupable ! s'écria Théodore en désignant Baptiste.

Baptiste, terrorisé, se cachait derrière l'astronome.

– C'est quoi, cette nouvelle idiotie, Théodore ? tonna M. Nathan.

– Je l'ai pris sur le fait ! hurla Théodore. Il me volait un mouton !

– Vos moutons sont aussi bêtes que vous ! répondit M. Nathan. Celui-là s'était emmêlé dans le fil de fer. Baptiste voulait nettoyer ses plaies quand vous lui avez sauté dessus comme une sale brute que vous êtes !

– Heu, restons calmes... commença le maire.

– Vous n'allez quand même pas avaler ça, monsieur le maire ? Brigadier ?

– Je ne sais pas, dit le brigadier-chef. Ça me paraît plausible.

– Franchement, Adam, reprit l'astronome. Vous croyez que j'ai besoin de voler des moutons pour me nourrir ?

– Non. Bien sûr...

– Quoi ? cria Théodore en s'étranglant d'indignation.

– Et puis, vous n'ignorez pas que Théodore me cherche des noises en permanence.

– C'est pas vrai ! Vous m'avez déjà tué deux...

– Et c'est reparti ! le coupa M. Nathan. Si vous continuez comme ça, Théodore, je vais vous coller un procès en diffamation !

– Mais c'est moi, la victime ! Monsieur le maire...

– Allons, Théodore, vous ne l'avez pas perdu, votre mouton, répondit Manzoni.

– C'est un comble ! Et d'abord, ils me doivent un dédommagement pour les blessures infligées à ma bête !

– Ah bon, Théodore, remarqua le maire. Vous avez omis de nous dire ça... Dans ce cas, il semble bien que la version de M. Nathan soit la bonne : votre mouton s'est pris dans le fil de fer !

– Eh bien, oui, non, je ne l'ai pas vu ! bégaya Théodore.

– Ah, d'accord ! soupira le brigadier. Je me suis déplacé pour rien. Vous exagérez, Théodore !

Un sourire triomphal apparut sur les lèvres de l'astronome.

– Je crois que la question est réglée, dit-il. Bonjour chez vous !

Le père Théodore donna un coup de coude au maire. Ce dernier hésita, se dandinant sur ses pieds.

– C'est que... qu'il y a un autre problème, M. Nathan.

– Ça m'étonnerait, répondit l'astronome, sèchement.

– Ce bidule que vous construisez sur le plateau...

– Une antenne radioastronomique pour l'observation des étoiles pulsantes, dit M. Nathan.

– Peu importe, répliqua Manzoni. Ce serait la

tour Eiffel que ça serait pareil. Vous n'avez pas le droit d'utiliser un terrain appartenant à la commune sans autorisation !

– Ah, si ce n'est que ça. Autorisez, monsieur le maire, autorisez !

– Ce terrain est à la disposition des éleveurs, je suis désolé, dit le maire.

– Mais les moutons sont les bienvenus, fit M. Nathan, hypocritement. Bientôt, il n'y aura plus de fil de fer. Ils pourront paître en toute tranquillité sous les poteaux !

– Parce que vous allez planter des poteaux ! Mais ce n'est pas possible, ça !

– Non seulement c'est possible, mais nous allons le faire. Réfléchissez, monsieur le maire, votre commune va s'enrichir d'un radiotélescope !

– Je trouve qu'un observatoire, c'est bien suffisant !

– Si je comprends bien, vous m'interdisez de construire ?

– J'y suis obligé.

– Très bien, dit M. Nathan. Vous ne m'en voudrez pas, vous et vos administrés, si je vous expulse de Saint-Cyprien ?

– Quoi ? s'exclama Manzoni.

– Parce que je suis propriétaire de 60% de votre cher patelin, monsieur le maire. Pour être précis, tout le cœur du village et environ... voyons... oui, quinze hectares des terres avoisinantes. En gros, toutes les terres cultivables.

Le maire resta sans voix.

– Je sais que vous avez tendance à l'oublier, ajouta M. Nathan. Étant donné que je n'ai pas augmenté les loyers depuis vingt ans ! Mais quand vous envoyez votre chèque à maître Moulin, c'est à moi que vous l'envoyez ! Alors, peut-être que nous pouvons conclure un accord, hum ? Vous y gagnez plutôt. Je ne vous emprunte qu'un bout de plateau improductif mais qui a la particularité d'être plat et à proximité de mon observatoire. En échange, disons que je ne toucherai pas à vos loyers... en dépit de maître Moulin qui insiste beaucoup pour que je les révise à la hausse ! J'en parlais encore avec lui ce matin même !

Le maire ne répondit pas. Il était fâché, cela était visible, mais il ne savait que dire. Le père Théodore grommela quelques mots et s'en alla à pied. Le brigadier-chef regarda le maire puis choisit de partir lui aussi. Après tout, cette histoire-là n'était pas de son ressort.

– Eh bien, monsieur le maire, votre réponse ? demanda M. Nathan.

– Les moutons auront toujours accès ? finit par dire le maire.

– Oh, mais oui.

– D'accord. Je m'en lave les mains.

Et le maire remonta en voiture sans se retourner.

Chapitre 9

Baptiste n'avait pas discuté avec M. Nathan de sa conversation avec le maire. Mais il était un peu embêté par la tournure que les événements avaient prise. Il avait eu le sentiment profond que le maire n'allait pas leur pardonner de sitôt. «Je m'en lave les mains», autrement dit: «Si vous avez un problème quelconque, vous devrez vous débrouiller sans moi. Je ne lèverai pas le petit doigt pour vous aider.» M. Nathan avait l'habitude de l'adversité, c'était évident. Mais pas Baptiste. Peut-être qu'il s'était laissé marcher dessus toute sa vie, c'était sûrement vrai... Lui, il avait besoin d'amis. M. Nathan n'avait besoin de personne. Oh, évidemment, il avait besoin de Baptiste pour planter des poteaux, mais ce n'était pas à ce genre de choses que Baptiste pensait. Tant qu'il était question de big bang et de fil électrique, M. Nathan répondait à son attente. Mais pour le reste... Même la photo de Cécile et les soleils couchants de Turner ne lui suffisaient plus. Et maintenant, avec le maire contre eux, comment ferait-il pour lier connaissance avec Charité ou avec le curé ? Il n'oserait plus mettre les pieds dans le village.

Baptiste s'abandonnait dans le travail comme d'autres l'auraient fait dans la prière. Il creusait, creusait... Un « Shadok » qui creuserait au lieu de pomper. Il y avait des moments où cela lui semblait aussi stupide. Mais le résultat se fit vite sentir. En deux semaines, il avait fait cent vingt trous ! À ce rythme, il pouvait espérer en avoir fini en deux mois. Le marteau-piqueur n'avait plus de secrets pour lui. Ses biceps étaient devenus durs comme du bois de châtaignier. Il n'avait pas grossi, cependant. Mais il était différent. Il aimait cette impression de force. Il écoutait son cœur battre à l'intérieur de lui, plus lent, plus régulier qu'auparavant. Sa respiration était plus profonde, plus puissante.

Et, à l'inverse, M. Nathan s'affaiblissait. Baptiste l'avait finalement remarqué. L'astronome soufflait en montant à la lunette, s'arrêtait toutes les cinq marches. Et il parlait de mourir. « Très bien, continue comme ça, et je verrai peut-être mon pulsar...» ou alors: «Je vais bien tenir jusqu'à Noël.» Son activité était ralentie mais loin d'être stoppée. Il s'occupait du matériel: un ordinateur, un enregistreur, des haut-parleurs, des relais électriques... Il pensait à tout. Il avait le cerveau d'un jeune homme à défaut du reste. Il avait même imaginé couler du béton dans les trous pour fixer les poteaux. Le treuil avait été livré, il fallait le fixer à la 404 pour le déplacer. Heureusement, le plateau n'était pas trop accidenté et permettait la circulation de la voiture. Les amortisseurs étant inexistants, ils ne pouvaient pas souffrir du traitement.

Baptiste était à la lisière de la forêt. Il en était à son dixième trou de la journée. Il allait bientôt pouvoir se reposer. Absolument rien ne lui passait par la tête. Il laissa le marteau-piqueur sur le sol pour dégager la caillasse avec la pelle.

Caché derrière un hêtre, Rivette l'observait, mâchonnant une tige de pissenlit en guise de dépuratif. Il tapota le tronc de l'arbre avec sa chaussure, d'abord doucement et de plus en plus fort. Baptiste ne l'entendait pas. Rivette avait remarqué l'écouteur à son oreille et l'avait pris pour un Walkman. Il poussa un cri, se mit à chanter, à parler. Baptiste ne réagissait toujours pas. Après avoir vérifié que personne d'autre n'était dans les environs, Rivette se décida à approcher. Il fit une sorte de demi-cercle autour du jeune homme. Du coin de l'œil, Baptiste l'aperçut.

– Oh, bonjour, dit Baptiste en se redressant.

– Bonsoir, plutôt, répondit Rivette.

– Vous êtes dans le soleil, je ne peux pas lire sur vos lèvres, expliqua Baptiste. Venez plus près, s'il vous plaît.

Rivette ébaucha un sourire. Le petit crétin était sourd ! Voilà sans doute pourquoi Charité s'intéressait à lui. Elle avait pitié. Rivette avança de quelques pas, prenant soin de se décaler par rapport au soleil.

– Je peux savoir ce que vous faites ? demanda Rivette.

– Je construis un radiotélescope, monsieur. C'est une antenne qui sert à écouter les bruits venant de l'espace.

– Ah oui, les Martiens !

– Non… C'est très sérieux, monsieur. Il y a des ondes qui traversent l'Univers, comme les ondes radio. On peut les entendre avec un appareil comme celui-ci… Je veux dire, quand il sera achevé, évidemment.

– Cela ne vous dérange pas de défigurer la nature ?

– Oh… Vous croyez vraiment que c'est très laid ? Mais vous savez, cela ne perturbe rien du tout. Vous êtes berger ?

– Non ! ricana Rivette. Dieu m'en préserve ! Si Dieu existe…

– Tant mieux. Les bergers ne sont pas très sympas avec nous. Vous êtes de Saint-Cyprien ?

– Si on veut… J'habite dans la montagne. Je suis sourcier.

– Sorcier ?

– Non, sourcier. Je trouve les sources. L'eau.

– Oh ! C'est formidable ! J'ai remarqué qu'il n'y avait pas beaucoup de ruisseaux par ici. C'est très sec, n'est-ce pas ?

– En effet. Il y a de l'eau dans les lavognes et dans les grottes. De temps en temps, une rivière souterraine réapparaît. Mais c'est assez rare. Il faut creuser des puits.

– Les trous, ça me connaît, répondit Baptiste. Résurgence. C'est comme ça qu'on nomme les rivières souterraines qui réapparaissent, je crois.

– Oui.

– J'ignorais qu'il y avait des grottes. Ça se visite ?

– Certaines. Mais les plus belles ne sont pas dans les guides touristiques.

– Je suppose... Vous y allez, des fois ?

– Souvent. Ce n'est pas dangereux si on est prudent.

– Ça me plairait bien... dit Baptiste, pensivement.

Rivette laissa passer un silence.

– Vous êtes astronome ? finit-il par demander.

– Malheureusement non ! répondit Baptiste en riant. Je voudrais bien ! Mais je n'ai même pas mon bac.

– Tout le monde peut regarder les étoiles, pas besoin de diplômes pour ça.

– Non, bien sûr. C'est tellement beau, vous

savez, de voir le ciel dans la lunette de M. Nathan.

– C'est bien mieux de se coucher dans l'herbe et de s'endormir en comptant les étoiles.

– J'essaierai, dit Baptiste, gravement.

– Et à part le vieux M. Nathan, vous fréquentez les gens du village ?

– Non, pas vraiment... Le curé a l'air très gentil. Mais le maire n'est pas content à cause du radiotélescope. C'est dommage qu'il ne comprenne pas.

– Je ne comprends pas non plus.

– C'est scientifique, c'est tout. C'est très intéressant, je vous assure ! Imaginez que là-haut, tout là-haut, il y a des étoiles qui parlent !

– Je n'ai pas besoin d'antenne pour les entendre, répondit Rivette. Il me suffit de les regarder pour qu'elles me disent quelle est l'heure et quel est le jour, si je suis dans la bonne direction ou s'il va pleuvoir demain !

– Vous avez de la chance de savoir toutes ces choses... Moi, je ne suis pas intelligent.

– C'est quoi : être intelligent ? Moi, je n'ai jamais appris à lire ou à écrire. Ça ne m'empêche pas de trouver de l'eau avec une branche de noisetier ou de guérir les blessures avec des plantes !

– C'est ce que je voulais dire. Moi, je suis nul en tout.

– Vous faites de très jolis trous, répondit Rivette, ironiquement.

– Oui, merci. Je m'appelle Baptiste, au fait.

– Ri... Richard.

Rivette aperçut la silhouette de M. Nathan sortant de l'observatoire. Il fit immédiatement un pas en arrière, vers les ombrages.

– Il faut que je m'en aille. À une autre fois !

Il pivota sur ses talons et se précipita vers la forêt. Il ne voulait pas être vu en compagnie de Baptiste.

– Heu... Au revoir ! dit Baptiste, un peu surpris.

« J'espère qu'il va revenir », pensa-t-il. « Ça me ferait un ami. »

*
* *

La solitude de Baptiste devenait une obsession. Il se levait, se disait « je suis tout seul », ruminait cette même idée à longueur de journée. Un matin, cela lui fut insupportable.

M. Nathan prenait son thé au soleil. Baptiste se planta devant lui, les poings sur les hanches.

– Je ne travaille pas aujourd'hui.

– Tu fais grève? demanda M. Nathan.

– Non. Je vais voir ma mère.

– Très bien. Je comprends... Mais tu n'oublieras pas de revenir, hein?

– Je ne vous laisse pas tomber... J'ai juste besoin de... ma mère. Je crois.

– J'ai toujours besoin de la mienne, répondit l'astronome en souriant.

M. Nathan lui avait facilité les choses pour une fois. Baptiste enfourcha son scooter avec une joie sans bornes. «Bon sang! Pas de trous à creuser! Le soleil brille et les oiseaux chantent. Et... ma mère est partie au boulot.»

Baptiste freina à la sortie du chemin boisé. Évidemment que sa mère n'était pas à la maison. Il réfléchit à la question. Voulait-il vraiment la voir? Pour lui parler de quoi? Et puis, elle le mettrait dehors, furieuse qu'il vienne à son bureau. Elle lui avait déjà fait le coup. Elle l'avait renvoyé parce qu'il la «dérangeait». C'était le jour où il avait eu son emploi à la charcuterie. Elle ne l'avait pas écouté, elle ne l'avait jamais écouté.

Baptiste prit la route vers Saint-Cyprien. Le curé. Le curé l'avait invité, après tout. Avec un peu de chance, il pourrait éviter le maire. Le clocher scintillait sous le ciel bleu. Mais au-dessus des crêtes, les files ondulantes et échevelées d'altocumulus castellanus* commençaient à apparaître. Baptiste gara son scooter derrière l'église et entra par la sacristie.

Il trouva le curé Goussain en train de lire un roman policier.

– J'espérais que vous viendriez la semaine dernière ! dit le curé.

– Je vous ennuie, aujourd'hui ?

– Mais non, ce n'était pas un reproche !

Le curé abandonna son livre.

– Je connais la fin, de toute façon. Je lis toujours la fin des polars avant le reste !

Le curé ouvrit un tiroir du vieux meuble en

* *Altocumulus castellanus* : nuages de l'étage moyen (2 à 7 km), qui annoncent souvent des orages d'été.

bois noir qui ornait la sacristie. Il en sortit son diapason.

– Je vais faire sonner le *la*. Je pense que tu vas l'« entendre » en tenant le diapason entre tes dents.

Il cogna le diapason contre le meuble et le plaça directement entre les dents de Baptiste. Le jeune homme crut sur le moment que leur émail allait lui éclater dans la bouche tant la vibration était forte. La sensation était indescriptible. Le son passa dans la mâchoire et il l'entendit – oui, il l'entendit ! – dans les os du crâne jusqu'aux arcades sourcilières.

– Alors ? demanda le curé.

Les larmes vinrent mouiller les yeux de Baptiste. Pour la première fois depuis qu'il était devenu sourd, il venait d'entendre une note de musique. Il enleva le diapason de sa bouche et le regarda comme s'il tenait un joyau précieux.

– C'est génial ! dit-il entre le rire et les larmes.

– J'en étais sûr ! s'exclama le curé, presque aussi ému que lui. Viens dans l'église, je vais te jouer un petit morceau dans les notes basses de l'orgue.

– Vous savez, il y a des gens qui pensent que les couleurs correspondent à des sons.

– C'est ce que prétendent même des musiciens, répondit le curé. Il paraît qu'on peut associer Stravinsky à Picasso et Debussy à Monet.

– Oh, Monet ! Je connais ! Comme cette musique doit être belle !

– Un compositeur du nom d'Olivier Messiaen a toujours écrit sa musique en pensant à des harmonies de couleurs. Et même, sur certaines de ses partitions, il notait pour le chef d'orchestre : « Les cuivres jouent rouge, les bois jouent bleu. »

– On devrait peindre sa musique, dit Baptiste. Ce serait magnifique.

– Cela serait, sans doute, comme regarder un vitrail ensoleillé dans une cathédrale…

Baptiste posa le diapason avec respect.

– Garde-le, dit le curé après un instant d'hésitation.

– Non, répondit Baptiste. Comme ça, j'aurai une bonne raison de vous rendre visite.

– Tu n'as pas besoin de raison ! Tu es le bienvenu !

– Merci… Je préfère comme ça.

Le curé n'insista pas et le conduisit dans l'église. Il le fit asseoir dans le centre.

– C'est la meilleure place, expliqua-t-il. Ne bouge pas.

Le curé monta à son orgue. Baptiste leva le regard vers l'énorme masse des orgues qui dominait les piliers au point de les faire apparaître tout petits. Il sentit le souffle, le déplacement d'air et cette incroyable dépression dans le creux du ventre. C'était de la musique que personne ne pouvait entendre mieux que lui. Il avait un avantage sur les bien-entendants : il avait l'habitude d'écouter autrement qu'avec ses oreilles. Il était tour à tour soulevé et écrasé par les infrasons, un peu comme un aviateur dans les turbulences. Il pensa : « C'est magique », et, juste à cette seconde, Charité et sa fille Lucie entrèrent dans l'église, auréolées par le soleil rasant. La vision enchanta Baptiste et il leur sourit béatement.

Lucie sauta à pieds joints la dernière marche du seuil.

– Bonjour, dit-elle. T'es qui, toi ?

– Il s'appelle Baptiste, répondit Charité. Cette horrible petite personne est Lucie et malheureusement, c'est mercredi, il n'y a pas d'école et je suis obligée de la supporter.

– Maman ! protesta Lucie. Je suis jolie et absolument charmante ! N'est-ce pas ?

– Jolie, c'est sûr, dit Baptiste. Charmante, je ne sais pas encore.

– Tu parles bizarrement, remarqua Lucie. Ah ! C'est toi qui es sourd ? Moi aussi, je suis sourde quand maman me dit d'aller au lit.

– Moi, je suis sourd tout le temps.

– C'est pas grave, si tu comprends tout !

– Lucie, tu es fatigante, dit Charité.

– Je suis tout le portrait de ma mère ! rétorqua Lucie.

– Ça, c'est bien vrai ! s'exclama le curé en redescendant.

– Merci pour le concert, dit Baptiste. Merci pour tout.

– Je déteste l'orgue, moi, affirma Lucie. Je n'aime que les chansons de Barbara ! Tu connais ?

– Il ne peut pas, expliqua Charité. Il est sourd.

– Du flan ! Il vient de dire merci pour le concert !

– C'est un peu compliqué, dit le curé. Si tu

veux, Baptiste ne peut entendre que certaines notes très, très basses...

– Barbara, elle chante très bas aussi !

– Tu confonds, répondit Charité. Elle chante doucement.

– Pas du tout. Elle chante très fort !

– Oui, enfin, non. Oh, tu m'énerves !

– Tu me prends pour une idiote ou quoi ?

Lucie saisit la main de Baptiste.

– Viens, je vais te passer un disque de Barbara.

Baptiste suivit la fillette dans le ravissement le plus total. Charité leva les bras au ciel dans un mouvement d'exaspération amusée.

Le soleil était désormais voilé. La lumière était belle. Lucie était belle. Et Charité... resplendissait. Et tout d'un coup, Baptiste se souvint qu'elle était la femme du maire.

– Je ne voudrais pas vous déranger, dit-il. Et puis, en fait, j'ai du travail.

– Tu fais quoi ? demanda Lucie.

– Des trous, répondit Baptiste, lugubrement.

– Moi, j'adore faire des trous dans le papier avec mes petits ciseaux à bout rond. Ça fait des tas de dessins super.

Charité regarda Baptiste avec un sourire un peu triste qu'il ne comprit pas.

– Allons, viens, Lucie. Il faut que Baptiste retourne à son travail.

– Bon, d'accord... Mais tu viens mercredi prochain ? On fera des trous dans le papier en écoutant Barbara !

– J'essaierai... répondit Baptiste.

Il avait la gorge serrée. Il n'avait aucune habitude des enfants, il n'avait jamais su auparavant comme on était bien avec eux. Si tous ses enfants étaient comme Lucie, Charité avait le bonheur multiplié par cinq.

Lucie se hissa sur la pointe des pieds et embrassa Baptiste. Et tout naturellement, Charité fit de même.

Cécile... ton nom est Charité.

Baptiste resta tremblant sur la place, les suivant du regard.

Lucie se retourna et lui fit un signe de la main. Il y répondit.

En retrait, au coin d'une maison en ruines, Rivette espionnait. Il venait tous les mercredis dans l'espoir d'apercevoir Charité et sa fille. Pour les voir, il les avait vues... Il fit une place dans son cœur mauvais pour Baptiste. Une place qui s'appelait Jalousie.

Chapitre 10

Il n'était que onze heures. Baptiste n'avait pas envie de rentrer à l'observatoire. D'autant qu'il avait menti à M. Nathan. Il n'était pas allé voir sa mère. Enfin, pas celle-là. Il s'arrêta sur le bord de la route et s'assit sur un talus. Sur le causse sud, celui qui était si sec que les rares plantes qui y poussaient craquaient sous les pieds, le brouillard s'étendait insidieusement. Baptiste s'intéressa à un chardon jaune. Le centre de la grosse fleur s'était refermé. Le chardon soleil était un bon baromètre. La fleur fermée annonçait la pluie. Mais Baptiste l'ignorait. Le ciel était nuageux mais sans plus. Une silhouette se détacha sur l'horizon voilé.

Rivette calcula la visibilité par rapport au clocher de l'église et au col. Le clocher apparaissait encore, mais le col avait disparu. Visibilité à deux kilomètres. Mauvais temps en approche. Rivette ne marchait jamais sur les routes. Il préférait les talus. Baptiste le regarda arriver.

Rivette l'aperçut soudain et eut un mouvement de recul. Puis il se reprit et avança, avec un large sourire ouvert sur ses dents plantées de travers.

– On musarde ? demanda Rivette.

– Disons que je m'ennuie, répondit Baptiste. C'est fou ce que creuser des trous peut vous occuper l'esprit... Je me sens bêtement paresseux.

– Il m'a semblé vous voir au village avec...

Il laissa sa phrase en suspens.

– Ah oui. Je suis allé rendre une visite au curé.

– Non, pas avec le curé.

– Lucie ! Et sa maman.

– C'est cela... la femme de M. le maire. Gentille, la gamine.

– Adorable ! Elle m'a invité chez elle.

– Tiens donc, siffla Rivette entre ses mâchoires serrées.

– Mais j'irai un autre jour.

– Pourquoi ?

Baptiste hésita un instant. Puis, comme il n'avait aucune raison de se méfier de Rivette, il se confia.

– À cause du maire. M. Nathan et lui se sont un peu fâchés, voyez-vous... C'est de la faute du berger, Théodore. Il a cru que je voulais lui voler un mouton! C'est vraiment idiot. Et puis, ça s'est envenimé. Le maire voulait empêcher la construction du radiotélescope, alors M. Nathan l'a menacé d'augmenter tous les loyers et même d'expulser les gens! C'est dommage que personne ne comprenne comme tout ça est important pour M. Nathan et moi... Enfin, j'espère que ça va s'arranger. J'aime beaucoup Charité et Lucie.

L'œil de Rivette fut pris d'un tic nerveux. Il le contrôla en se détournant. Puis il se remit à sourire.

– Eh bien, puisque vous n'avez rien à faire, remarqua Rivette, c'est le moment idéal pour se promener.

– Je ne sais pas où aller.

– Dans les grottes, pardi! Venez, je vous emmène dans mon petit domaine.

– Ah oui! C'est formidable! Merci!

«C'est ça, tu me remercieras plus tard», pensa Rivette.

*
* *

Rivette marchait à grandes enjambées. Il n'avait pas besoin de parler puisque Baptiste ne pouvait pas lire sur ses lèvres. Cela l'arrangeait bien. Il ruminait des pensées tellement sombres que son regard clair en virait au gris acier. Baptiste, derrière lui, ne s'apercevait de rien, trop occupé à ne pas buter sur la rocaille.

Rivette s'arrêta brusquement. À ses pieds, s'ouvrait un abîme dans le calcaire. Baptiste se pencha prudemment. Le puits n'était pas très large, mais on n'en voyait pas le fond.

– Eh bien ! On pourrait tomber là-dedans sans s'en rendre compte ! s'exclama-t-il. On devrait mettre une barrière !

– Il y en a plein comme ça, expliqua Rivette. Ici, on appelle ça un aven. Sous celui-là, les fissures vont en s'agrandissant, elles deviennent des grottes. Il y a une rivière souterraine. On ne peut pas descendre par là. C'est beaucoup trop dur. Mais il y a une autre entrée. On y va ?

– Oui, bien sûr. Une rivière ? Ce doit être superbe.

Rivette se remit en route. Ils durent suivre une pente raide pour atteindre l'entrée en question. Juste comme ils pénétraient dans la grotte, l'orage éclata au-dessus du col. Baptiste n'entendit pas le tonnerre. Ils étaient entrés par une ouverture transversale très étroite. Bientôt, ils rejoignirent la grotte centrale où coulait un petit cours d'eau. Baptiste leva les yeux vers les stalactites verdâtres, surpris qu'il y ait autant de lumière. Il en comprit la raison rapidement. Il y avait au «plafond» un autre aven. La pluie se déversait par le trou mais Baptiste n'y prit pas garde. Il était émerveillé par les masses cristallines et translucides qui formaient d'étonnantes draperies figées et de larges vasques bleues. Rivette, lui, ne s'intéressait qu'à la pluie. Il savait que ce ruisseau inoffensif se transformerait en moins d'une heure en un torrent mortel. Il n'y avait pas de temps à perdre. Il sortit sa lampe torche et fit signe à Baptiste. Ils remontèrent le long de la rivière. Baptiste s'amusait beaucoup de la balade. Par moments, ils devaient passer dans l'eau pour contourner un rocher; à d'autres, ils escaladaient la paroi. Ils durent même marcher dans l'eau sous la voûte basse d'un tunnel. Ce n'était pas difficile. Ils cheminèrent ainsi une vingtaine de minutes puis arrivèrent à un mur.

– On ne peut pas continuer ? demanda Baptiste.

Rivette lui indiqua une sente le long du mur, si étroite que même une chèvre y aurait réfléchi à deux fois. Rivette était pressé. Il voulait avoir une chance de ressortir avant que la rivière n'obstrue totalement le tunnel.

– Passe devant, dit-il en poussant Baptiste.

Le jeune homme hésita, mais la main de Rivette le tenait dans le dos. Il pensa que s'il trébuchait, son guide le retiendrait. Rivette coinça sa lampe entre les dents. Baptiste s'accrochait comme il pouvait aux aspérités de la paroi. Il soufflait sourdement, tous les muscles tendus. Au détour d'une avancée, la sente s'arrêtait abruptement. Baptiste y voyait très mal, il ne s'aperçut de rien et son pied droit se retrouva dans le vide. Il dérapa, essaya de se retenir à la main de Rivette. Mais la main n'était plus là. Il cria, ses bras frappèrent durement la roche, son visage s'écorcha dans la chute. Il tombait, tombait... Et par miracle, ses doigts s'agrippèrent. Il resta une seconde plaqué contre la falaise.

– Richard ! appela-t-il.

Il risqua un œil vers le bas. Il ignorait si le fond était encore loin.

– Richard ! Je vais descendre !

La lumière de la lampe était invisible. Baptiste plaça ses pieds à l'aveuglette, rencontrant d'autres aspérités. Il se redressa légèrement, soulageant son dos meurtri. Il fallait qu'il se débrouille tout seul. Et il le fit. Lentement, prudemment, cherchant à tâtons où mettre ses mains et ses pieds, il descendit. Une curieuse pensée lui vint à l'esprit. Creuser des trous venait de lui sauver la vie. Jamais, auparavant, il n'aurait pu soutenir son propre poids à la force du poignet. Il toucha le fond. La rivière s'engouffrait sous un tunnel si bas qu'il était impossible de s'y engager. Les eaux avaient monté et grondaient avec violence. Baptiste ne pouvait l'entendre, mais il voyait bien que le maigre ruisseau était devenu un torrent. Mais comment le voyait-il ? Il leva les yeux vers le haut dans l'espoir d'entrevoir la lampe de Rivette. La lumière venait de bien plus loin en amont. Baptiste comprit que c'était l'aven, sur le causse, qui éclairait faiblement les grottes. Il n'avait pas le choix. Il ne pouvait attendre du secours. S'il restait là, il serait bientôt noyé. Déjà, la rivière baignait ses chevilles. Il n'hésita plus et avança résolument dans l'eau, longeant la paroi abrupte. Il fallait qu'il trouve un endroit, en hauteur mais accessible, où il pourrait se mettre à l'abri.

Il trébucha, trempant complètement son pantalon. L'eau gicla sur son visage, le privant de respiration. Il se releva. Il devenait extrêmement difficile d'avancer à contre-courant. La pluie ruisselait sur les murs en s'engouffrant dans l'aven. Baptiste plissa les paupières pour regarder. Il était dégoulinant d'eau, celle de la rivière et celle de la pluie. Ses mains glissèrent quand il essaya de monter le long du puits. Il n'y avait aucune solution à son problème. La force du torrent était telle que les galets étaient projetés contre sa chair meurtrie. Il n'allait quand même pas crever là sans rien tenter pour s'en tirer! Il s'essuya les paumes sur sa chemise, ce qui n'eut pas d'effet, sa chemise étant aussi mouillée que le reste. Il comprit, enfin, que «Richard» l'avait abandonné. Comment croire que le sourcier ne savait pas que la sente était dangereuse ? Il l'avait fait exprès. Mais pourquoi ? C'était incompréhensible.

Baptiste prit une grande inspiration et recommença son escalade. Il fit deux mètres avec succès, glissa et retomba. Sa cheville se tordit et il cria de douleur. Il avait envie de pleurer, d'appeler sa mère, de réciter une prière. Il ne fit rien de tout cela. Il poussa un hurlement de rage et... recommença.

– Les ultrasons, à 20000 hertz... Arcturus est jaune orangé... Le ciel en rotation perçoit un signal rigoureusement rythmé... Un pulsar. Une étoile à neutrons est une étoile qui s'effondre sur elle-même... Vert viridien, blanc de céruse... Joseph Turner fit ses premiers dessins à l'âge de douze ans... Je vais y arriver, Cécile, je vais y arriver...

Il continua à se parler, débitant des morceaux de phrases sans suite.

– Hertz, unité de fréquence... Allons, les constructeurs de Stonehenge feraient beaucoup mieux que toi, Baptiste.

Le puits se rétrécissait. C'étaient des trombes d'eau qui se déversaient sur sa tête. Mais l'étroitesse du puits l'aidait à se cramponner : une jambe à droite, une main à gauche... S'il dérapait maintenant, il se tuerait.

Ses doigts s'enfoncèrent dans quelque chose de mou. De la terre, presque de la boue. Attention. Il était tout en haut, ce n'était pas le moment de perdre pied ! Il réfléchit quelques secondes, immobile. Il repéra un gros rocher, le choisit pour s'accrocher. La terre se détacherait sous lui s'il essayait la pente la plus douce. Mieux valait escalader la roche dure.

Son ventre frotta le sol comme il se traînait hors de l'aven. Il s'effondra de tout son long. Sorti. Il était sorti. Il se retourna sur le dos, pour boire l'eau de la pluie. Il se mit à rire. Le genre de rire qui vous empêche de pleurer. Il s'étira dans la rocaille et la boue. C'était bon de se sentir vivant.

*
* *

M. Nathan était absorbé par l'installation de son enregistreur à aiguille. Baptiste se faufila derrière lui vers la salle de bains. Il s'y enferma. Le miroir lui renvoyait une image de lui-même qui n'était pas très séduisante. Il avait du sang et de la boue partout sur ses vêtements déchirés. Son visage était tuméfié, sa cheville enflée et ses mains en lambeaux. Il se lava et se soigna tant bien que mal. C'était maintenant qu'il commençait vraiment à souffrir. Il avait envie de se coucher. Il ressortit de la salle de bains.

– Tiens, tu es là ? dit M. Nathan. Mais... Mais qu'est-ce qui t'est arrivé ?

– Eh ben...

Baptiste répugnait à raconter l'histoire. D'abord, il avait des doutes. Et si celui qu'il connaissait sous le nom de Richard était innocent ? Après tout, il était peut-être parti chercher du secours. Ensuite, il ne comprenait pas pourquoi un inconnu aurait voulu le tuer. Cela n'avait pas de sens.

– Tu as eu un accident avec ta moto ! s'écria M. Nathan. La route est glissante avec toute cette flotte !

Baptiste ne répondit pas. Il préférait que l'astronome croie à un accident.

– Ça marche ? demanda-t-il en désignant l'enregistreur.

– Oui... Juste un petit réglage de dernière heure... Tu m'accompagnes ?

– Où ça ?

– En voiture... pour mon petit réglage !

Cela était assez mystérieux.

Baptiste le suivit au cas où l'astronome aurait eu besoin d'aide. Pourtant, il se serait bien passé d'une balade supplémentaire. Il avait déjà donné.

– Ta moto n'a pas l'air abîmée, remarqua M. Nathan.

Baptiste s'affala sur le siège de la voiture et se souvint tout d'un coup avec horreur qu'il montait avec le plus mauvais conducteur à l'est du Pécos. Et par temps de pluie !

– Qu'est-ce qui ne va pas avec l'enregistreur ? dit Baptiste.

M. Nathan le regarda pour qu'il puisse lire sur ses lèvres tout en démarrant.

– J'ai des parasites sur la bande.

– Ah bon... Et qu'est-ce qu'on peut y faire ?

– S'en débarrasser !

M. Nathan conduisait sur le chemin détrempé tout en continuant de regarder Baptiste.

– Surveillez la route ! gémit Baptiste. Je ne tiens pas à me retrouver dans un autre trou, aujourd'hui !

M. Nathan ne l'écouta pas du tout et reprit son explication.

– Les lignes à haute tension sont une des principales causes d'interférences pour les radio-télescopes. Surtout les isolateurs. Ils s'encrassent et produisent une décharge électrique qui émet des signaux radio. D'ailleurs, il arrive qu'on aperçoive une étincelle sur les poteaux.

– Vous allez demander à l'EDF de les nettoyer ?

– Pas la peine. On peut le faire nous-mêmes ! Banzai !

– Quoi ? hurla Baptiste.

– Banzai !

Et avant que Baptiste ne réagisse, M. Nathan roula sur le talus et lança sa voiture contre le poteau électrique.

– Vous êtes devenu fou ? protesta Baptiste.

– Pas le moins du monde. Un petit choc suffit

pour faire tomber la crasse dans l'isolateur et adieu les parasites ! J'ai repéré trois poteaux dans le coin qu'il est préférable de secouer un tantinet. Par pure précaution.

– Vous en avez encore beaucoup comme ça, de « petits réglages » ?

M. Nathan s'amusait. Baptiste soupira, s'accrocha à sa ceinture et essaya de penser à autre chose qu'à son dos en compote.

Sur la crête, passait, ce jour-là, Franchet l'agriculteur qui se réjouissait de la pluie. Il aperçut la 404 cognant les poteaux EDF et se dit que l'astronome était vraiment un vieux timbré.

*
* *

– Je l'ai vu comme je vous vois, racontait Franchet, accoudé au bar.

– C'est sûr qu'il a perdu la boule depuis longtemps, renchérit le patron. Un autre ballon ?

– Verse... N'empêche... Dieu sait ce qui peut arriver quand on tripatouille des poteaux électriques !

– Il va nous foutre le feu aux lignes ! dit un autre consommateur.

– Je vous l'ai assez répété que le pépé déraillait ! remarqua Théodore. Mais moi, on ne m'écoute jamais.

– Mais si, on t'écoute ! dit le patron. Un ballon ?

Le patron remplit le verre de Théodore qui était déjà bien éméché.

– Il écrasait les moutons sur la route, maintenant il s'en prend à l'EDF ! Jusqu'où faudra-t-il qu'il aille avant que le brigadier-chef l'arrête ? Hein ? Et M. le maire ? Toujours la même chose... Des promesses avant les élections et puis après... on peut crever, tiens !

– Ça, c'est bien vrai, répondit Franchet.

– C'est à nous de nous défendre, dit Théodore.

– En faisant quoi ? Un ballon, Rivette ?

Tous se retournèrent vers la porte. Trempé, Rivette tapait ses bottes sur le seuil pour se débarrasser de la boue.

– Un blanc, répondit Rivette. Vous parliez de quoi ?

– L'astronome, il est dingue. Franchet l'a vu rentrer dans les lignes à haute tension avec sa voiture ! Exprès !

– Je l'ai vu comme je vous vois, répéta Franchet. Et le jeune débile, il ne vaut pas mieux. On aurait pu croire que le sourd l'aurait raisonné. Pensez donc !

Rivette saisit son verre et le vida d'un trait.

– Tu l'as vu aussi ?

– Puisque je te le dis ! Les deux dans la voiture !

– Remets-moi ça, patron, ordonna Rivette. Quand ?

– Quand quoi ? demanda Franchet.

– Quand tu les as vus ?

– Mais là, cet après-midi.

Les dents de Rivette grincèrent contre le verre. Ce n'était pas possible que le gamin s'en soit sorti !

– J'ai su tout de suite que le sourd était un envoyé du Malin, dit Rivette.

Un murmure d'inquiétude parcourut l'assemblée. Rivette était craint, mais on lui faisait confiance pour tout ce qui était du domaine du magique.

– Il a essayé de me voler un mouton, remarqua Théodore.

– Ouais, dit le patron. Et puis, c'est de sa faute si le maire s'est fâché avec l'astronome. Il sème la zizanie parmi nous.

– Sûr, répondit Franchet. Il a mis la folie dans la tête du vieux !

– Qu'est-ce qu'y faut faire ? demanda un autre.

Et tous les regards se fixèrent sur Rivette.

– Rien, dit celui-ci. Vous ne pouvez pas gagner contre le Malin.

– Il faut que tu fasses quelque chose, toi, dit le patron.

– Je ne suis pas un jeteur de sorts, répliqua Rivette. Mais bon... Je vais faire un cercle autour du village pour nous protéger. Et prier la Vierge pour qu'elle écarte le mal.

– J'aimerais bien savoir quel genre de Vierge tu peux prier, dit un des joueurs de cartes. Tu ne mets jamais les pieds à l'église !

– Toi, le François, tu as de la chance d'être centenaire, répondit Rivette.

– Tu ne me fais pas peur, le sorcier. Je peux encore t'en flanquer une bonne !

– Vraiment de la chance... grinça Rivette.

François jeta ses cartes sur la table, ramassa sa

canne et se leva. Il passa en clopinant devant Rivette et le toisa.

– Moi, je vais à l'église, dit-il. Et le Bon Dieu, là-bas, il ne parle pas de faire des cercles magiques. Et à mon avis, la Sainte Vierge, elle est du côté des vieux et des sourds, pas des rebouteux dans ton genre !

François regarda tous les consommateurs du café, haussa les épaules.

– Vous êtes pitoyables, conclut-il. Mêlez-vous des histoires du diable et ne vous étonnez pas de finir en enfer !

Il pointa sa canne vers Rivette.

– Et le diable, moi, c'est là que je le vois.

Le vieil homme resserra son écharpe autour de son cou et quitta le café, appuyé sur sa canne.

Chapitre 11

C'était comme si la pluie n'avait eu aucun effet. Au petit matin, le plateau était aussi sec qu'un morceau de pain dur. Baptiste et M. Nathan s'affairaient autour du treuil. Ils avaient décidé de commencer à planter les poteaux.

Au début, tout se passa bien. Le treuil souleva le poteau à l'horizontale.

– Comment on le fait rentrer dans le trou ? demanda Baptiste.

L'astronome resta un instant perplexe devant le bout de bois qui se balançait dans l'air.

– J'ai trouvé ! Il faut un contrepoids pour l'incliner !

– Un quoi ?

– Disons quelque chose qui fasse environ soixante-dix kilos avec deux bras...

– Ah ! d'accord, soupira Baptiste.

M. Nathan abaissa le levier du treuil. Baptiste empoigna une extrémité du poteau et s'y accrocha tant bien que mal. Le poteau s'éleva de nouveau,

Baptiste décolla du sol et se retrouva secoué dans tous les sens.

– Arrêtez ! hurla-t-il. Ça ne marche pas du tout !

M. Nathan fut pris de fou rire en le voyant suspendu comme un pantin désarticulé.

– Descendez-moi !

Une fois sur ses pieds, Baptiste massa ses épaules douloureuses.

– Je ne suis pas en état de faire ce genre d'acrobaties, remarqua-t-il. Vous avez une autre idée ?

– Oui. J'aurais dû y penser tout de suite. Ce qu'il faut, c'est fixer le poteau au-dessus de son centre de gravité. Il s'inclinera de lui-même et le contrepoids deviendra efficace.

– Si je comprends bien, il faut que je remette ça ?

– Désolé ! répondit M. Nathan en riant.

Ils attachèrent le poteau différemment et recommencèrent. Cette fois, le poteau entra directement dans le trou. Baptiste l'équilibra à l'aide de caillasse puis il coula le ciment à prise rapide.

– Et voilà ! dit M. Nathan. C'est bon ! Je suggère que l'on mette en place tous les poteaux dans les trous déjà creusés. Ensuite, nous pourrons électrifier et faire les premiers essais avec l'enregistreur.

– Peut-être que ce sera suffisant, supposa Baptiste avec espoir. Après tout, cela nous fera... voyons... un réseau de presque quatre cents poteaux !

– Je ne sais pas, avoua M. Nathan. Notre problème, en fait, c'est que notre antenne est fixe. Nous ne pouvons pas l'orienter. Cela coûte beaucoup trop cher de fabriquer une antenne mobile, même la plus simple comme un réflecteur parabolique... Et surtout, cela demande une technique qui n'est pas à notre portée ! La conséquence est qu'il faut que notre pulsar passe exactement à la verticale de notre radiotélescope. Et plus le radiotélescope est étendu, plus on a de chances. C'est logique.

– Mais est-ce que cela signifie qu'il n'y a peut-être aucun pulsar au-dessus de nous ? s'inquiéta Baptiste.

– Heu... ma foi, oui.

– Vous n'auriez pas pu me le dire plus tôt ? s'exclama Baptiste. Et si j'avais fait tout ça pour rien ?

– Sincèrement, je pense que cela va marcher. Les pulsars ne sont pas rares, loin de là ! On en a recensé plus de cinq cent cinquante. Ils sont surtout nombreux dans la Voie lactée. Ce qui est normal, puisque c'est là où il y a la plus grande concentration d'étoiles.

– Si je me suis cassé les reins pour des nèfles, râla Baptiste, je vous étrangle !

– Petite vengeance mesquine... Tu devrais plutôt m'enfoncer dans un de tes trous et me verser le ciment sur la tête !

– J'y songerai.

– Bon, assez rigolé. Il te faut combien de jours pour planter tous les poteaux ?

– Oh... Un mois !

– Trop long.

– Engagez une équipe de terrassiers, dans ce cas !

– Limitons-nous aux trois premières rangées. J'ai hâte de câbler tout le bazar. On verra bien.

Baptiste était presque un expert avec le treuil. Le travail n'était pas aussi pénible que prévu. Baptiste allait vite, comme s'il ressentait une sorte d'urgence... qu'avait suscitée M. Nathan en devenant vieux tout d'un coup. C'était une pensée qu'il n'aimait pas avoir, mais il avait fini par accepter le fait: M. Nathan avait quatre-vingt-dix-huit ans.

C'était un matin comme les autres matins. Chaud, sec, clair. Au loin, là où étaient encore les fils de fer, il y avait un mouton prisonnier. Baptiste soupira. Ça allait faire des histoires, pour changer. Il traversa le plateau d'abord lentement. Mais quelque chose clochait. Ce corps blanc sale était taché de rouge et il ne bougeait pas. Baptiste se précipita. Le mouton était mort.

– Merde.

Cette fois le problème était sérieux. Baptiste s'accroupit près du cadavre. Le fil de fer était entortillé autour du cou de la pauvre bête. Entortillé... et serré. Le mouton ne s'était pas fait ça tout seul. Baptiste coupa le fil avec sa pince.

Il n'imaginait pas le père Théodore sacrifiant un de ses moutons rien que pour les embêter. Mais quelqu'un avait tué l'animal. Baptiste regarda autour de lui. Il n'y avait personne. Il prit le mouton dans ses bras, courut vers la forêt. Il longea le chemin sans l'emprunter et gagna la route. Il s'assura qu'aucune voiture n'apparaissait et passa de l'autre côté. Il jeta le corps dans le fossé, bien au fond. Il retourna sur le plateau et commença sa journée normalement. Il décida de ne pas en parler à l'astronome.

Il en était à la fin de la troisième rangée. M. Nathan se levait de plus en plus tard. Il n'émergea que vers les dix heures, chargé comme un mulet. Baptiste l'aperçut et abandonna le treuil pour le soulager.

– Voilà, dit M. Nathan, nous allons électrifier. Avec le fil de fer en haut des poteaux comme réseau réflecteur et des câbles entre les poteaux. Nous relierons les câbles par des relais électriques. C'est simple avec la grande échelle.

– C'est toujours simple avec vous. Je ne savais pas qu'il fallait étendre du fil de fer. Vous oubliez tout le temps de me préciser les choses importantes.

– Des détails, des détails !

– Des détails qui se comptent en jours !

– Mais non, c'est l'affaire d'un après-midi !

– Vous plaisantez ?

– Oui, bon… deux ou trois.

Baptiste n'insista pas davantage. Il comprenait l'impatience de l'astronome. Il réfléchit un moment et jugea que le plus efficace, ce serait d'utiliser ces clous en U qu'on appelle des cavaliers. Les fils seraient maintenus sans être coincés. Il envoya M. Nathan acheter des milliers de clous et alla chercher l'échelle dans l'observatoire.

*
* *

Théodore avait trouvé son mouton mort. Ou plus exactement, on lui avait dit où le trouver. Et très exactement, il l'avait trouvé un peu plus loin que ce qu'on lui avait dit… Et Théodore ne se posa pas de questions. Il ne se demanda pas comment Rivette était au courant ni pourquoi son mouton n'était pas sur le plateau. Il était tellement convaincu que l'astronome était une sale engeance et le sourd un suppôt de Satan ! Et quand, deux jours plus tard, un autre berger perdit une de ses bêtes, tous les habitués du café de Saint-Cyprien accusèrent Baptiste. Ah, évidemment, ils n'avaient pas de preuves. Et bien sûr, le brigadier-chef ne ferait rien. Et qu'est-ce qu'on peut faire quand le Mal est parmi nous ? Rivette fréquentait assidûment le café et personne ne s'en étonna. Pourtant, Rivette restait éloigné du village le plus possible, en temps normal. Prudemment, mais régulièrement, Rivette versait un peu d'huile sur le feu pendant que le patron versait du gros rouge dans les verres. L'alcool aidant, les esprits s'échauffaient. Seuls les vieux joueurs de cartes étaient impassibles dans leur coin. Mais François, le centenaire, avait l'oreille à l'écoute.

– Mais qu'est-ce qu'ils en font, des moutons ? demanda Franchet. Ils ne les mangent pas, ils ne les revendent pas non plus...

– Ça, c'est pas certain, répondit Théodore. Il y a des bêtes qui ont disparu pour de bon.

– Vous croyez qu'ils font des sacrifices ? dit Castelnac, le menuisier.

François leva les yeux au ciel en l'entendant.

– Quel crétin, souffla-t-il entre ses dents.

– Va savoir ! dit Théodore.

– C'est juste pour nous emmerder, supposa le patron. Un autre ballon ?

– D'accord, reprit Franchet. Mais pourquoi ? Qu'est-ce qu'ils y gagnent ?

– Quand on vend son âme au diable, dit Rivette, il n'y a rien à gagner.

– Dans ce cas, je ne vois pas l'intérêt ! rétorqua Franchet.

François pensa que Franchet n'était pas aussi naïf que les autres. Ou alors, il n'était pas aussi soûl.

– Bon, tu joues ou quoi ? s'impatienta un des joueurs de cartes.

François jeta sa carte et son partenaire poussa un grognement de dépit.

– François, tu fais n'importe quoi ! Qu'est-ce que je joue, moi, maintenant ?

– Tout ça, c'est pas très clair, continua Franchet. Je me demande s'il n'y a pas quelque chose qui nous échappe.

– Évidemment, répondit Rivette. Qui peut prétendre comprendre les desseins du diable ?

Franchet regarda Rivette mais baissa les paupières dès qu'il croisa le regard du sourcier. Sa main trembla légèrement en reposant son verre.

– Je vais vous raconter une histoire, dit Franchet. Celle d'un loup qui terrorisait les villages, au siècle dernier. Il dévorait le bétail et les enfants, s'attaquait aux femmes et aux hommes isolés.

– Tu nous parles de la bête du Gévaudan ? demanda le patron.

– Appelle-la comme tu veux. On fit venir des chasseurs, des gendarmes et, pourquoi pas, des militaires ! On dit que le loup était ensorcelé ou alors c'était un méchant magicien ou même le diable en personne ! On récita des prières, on implora les saints et les esprits pour s'en débarrasser. Eh bien, vous savez quoi ? Ce n'était qu'un loup.

– Et puis ? dit Rivette.

– Et puis rien, justement. il n'y avait qu'un loup, et l'imagination des hommes en avait fait un être surnaturel. Il y en a qui voient des éléphants roses quand ils sont ivres et d'autres des soucoupes volantes quand Jupiter apparaît au-dessus de l'horizon !

– C'est ça ! protesta Théodore. J'ai inventé mes moutons morts, peut-être ?

– Bien sûr que non, répondit Franchet. Je voulais seulement dire que ce que je ne comprends pas, je ne le mets pas forcément sur le compte du diable ! C'est un peu trop facile. Après tout, si vous voulez des explications, pourquoi ne les demandez-vous pas à l'astronome ?

– T'as raison, dit le patron. On devrait le faire... Un autre ballon ?

– Non, merci, répondit Franchet. Je crois que j'ai assez bu. Et je ne suis pas le seul.

Franchet quitta son tabouret de bar et salua la compagnie. Malheureusement, les autres restèrent et continuèrent à boire.

– *In vino veritas**, dit le patron dès qu'il fut sorti.

*
* *

Baptiste regarda le treillis de fil de fer et se dit que le sourcier ne trouverait pas cela très

* *In vino veritas* : la vérité dans le vin.

écologique. C'était la première fois qu'il repensait à «Richard» depuis l'épisode de la grotte. Son cerveau avait fait le blocage. Mais il dut accepter l'évidence. L'individu en question avait bien essayé de le tuer. Autrement, comment expliquer sa disparition ? Baptiste était persuadé qu'il n'était pas tombé également. Et il n'avait pas reparu, n'était pas allé chercher du secours.

M. Nathan tenait la prise de courant de l'enregistreur. Il respira un grand coup et brancha la ligne au radiotélescope.

– Allons-y, dit-il à Baptiste.

Ils descendirent dans le bureau et allumèrent l'ordinateur qui contrôlait l'enregistreur. Cela fit «frritch» et la petite plume d'acier bougea d'un centimètre puis s'immobilisa.

– Et alors ? demanda Baptiste.

– Ça marche, mais le radiotélescope n'a rien à capter pour l'instant. Dommage... J'espérais au moins qu'il réagirait au bruit de fond de l'Univers. Il y a toujours du bruit là-haut. Je suppose qu'il est trop faible pour ça...

– Ouais, en clair, ça signifie qu'il faut que j'aligne mes quatre cents poteaux au minimum ?

– C'était prévu comme ça, non ?

– Très bien. Je repars avec le treuil. Après tout, ça me ferait bizarre de ne plus avoir à soulever et à creuser et à planter...

M. Nathan sourit mais il était un peu déçu. Baptiste aussi, sauf que lui redoutait la fin de l'aventure. Parce que si le radiotélescope fonctionnait, que ferait-il par la suite ? Il devrait sans doute s'en aller, rentrer chez sa mère... Ou quoi ? Qu'allait-il pouvoir faire de sa vie ? Il n'osait pas aborder le sujet avec l'astronome. Il aurait peut-être pu trouver du travail à Saint-Cyprien si M. Nathan ne s'était pas fâché avec tout le monde.

Baptiste conduisit le treuil jusqu'à la quatrième rangée et commença le nouvel alignement.

*
* *

Les jours passaient et se ressemblaient. Le radiotélescope grandissait, les moutons disparaissaient et les poteaux électriques subissaient des dommages. Saint-Cyprien fut privé de courant une journée entière. L'EDF dut venir pour réparer. Un inconnu avait saboté les lignes. Et évidemment, tout le monde dans le village croyait que c'était un coup de l'astronome.

C'était la nuit de la Saint-Jean, la plus courte nuit de l'année. Les hommes restaient à boire au café. Franchet n'apparaissait plus, il n'aimait pas la tournure que prenaient les événements. Le vieux François continuait de jouer aux cartes avec ses compères, l'oreille aux aguets.

Vers minuit, les joueurs allèrent se coucher. François lambinait malgré sa fatigue. Il avait remarqué que, ce soir-là, les habitués du café étaient particulièrement excités.

– Moi, je vous le dis, répétait Théodore obstinément, il faut se débarrasser du machin qui tue les moutons. C'est un vrai danger, ces fils de fer partout !

– Ouais, répondit un autre berger. D'ailleurs, ils n'avaient pas le droit de s'installer comme ça, sur le causse. C'est pas chez eux, merde !

– Si l'appareil vous gêne tant que ça, dit Rivette, vous n'avez qu'à l'enlever vous-mêmes.

– C'est vrai, approuva Théodore. Après tout, ce n'est pas une propriété privée, on peut y aller tant qu'on veut !

– Et casser tout le bazar ! lança un villageois. Allons chercher des outils et foutons tout en l'air !

Des clameurs montèrent de part et d'autre du café. Ils étaient tous d'accord. Beaucoup n'étaient pas directement concernés par l'affaire. Mais ils avaient envie de s'amuser un peu, eux aussi. Et il n'y avait guère de risques à s'attaquer à un vieillard et à un pauvre sourd. De toute façon, il ne s'agissait que de démolir la construction. Personne ne songeait à faire du mal à l'astronome et au gamin... Personne sauf Rivette, mais tous l'ignoraient.

Ils se donnèrent rendez-vous à deux heures sur le plateau, armés de leurs outils. François les regarda partir puis se leva à son tour. Le patron était resté derrière son bar.

– Je ne sais pas si tout ça est bien malin, dit-il. Je n'aime pas trop l'idée qu'ils vont monter dans leurs voitures avec tout ce qu'ils ont bu !

– T'avais qu'à pas les servir ! rétorqua François.

– Je ne suis pas leur mère, dit le patron.

François soupira, serra son écharpe qu'il ne

quittait jamais et sortit du café, clopinant. Sur la place de l'église, il fit une pause et leva les yeux vers la lune. Il fallait qu'il fasse quelque chose mais quoi ? Il hésita encore un instant et alla jusqu'à la maison du maire.

Il frappa longtemps avant que le maire ne se décide enfin à lui ouvrir.

– François, tu veux réveiller toute la maison ? grogna Manzoni. On ne peut plus dormir en paix, maintenant ?

– Monsieur le maire, il faut vous habiller sur-le-champ ! Je viens du café. Ils sont tous ivres et en veulent à M. Nathan. Ils vont monter au plateau et tout flanquer par terre.

– Eh bien, François, qui sème le vent récolte la tempête.

– Mais, monsieur le maire, il faut empêcher cela !

– Je m'en lave les mains, répondit Manzoni. Bonne nuit.

Il ferma la porte au nez de François. Le vieil homme se tourna vers l'église.

Le curé se sentirait sûrement plus concerné que le maire.

*
* *

La quatrième rangée de poteaux avait été électrifiée. Le radiotélescope avait été rebranché à l'ordinateur. M. Nathan s'était endormi sur ses notes. Baptiste dormait, lui aussi, sous la coupole close.

L'aiguille de l'enregistreur fit «frritch» et traça un rapide zigzag d'encre noire, puis s'arrêta. Une seconde plus tard, la plume s'agita à nouveau puis elle devint folle.

Chapitre 12

Charité se leva et alla dans le couloir. Elle se pencha par-dessus la rampe de l'escalier. Son mari était dans la cuisine.

– Qu'est-ce que tu fais, Manzoni ? appela-t-elle.

– Un sandwich ! répondit-il du fond de la pièce.

– Voilà autre chose ! grommela Charité en retournant se coucher.

Un grincement de porte attira son attention. Le petit minois ensommeillé de Lucie apparut dans l'entrebâillement.

– Va dormir, bébé ! dit Charité.

– Pourquoi François, il est venu ? demanda Lucie.

– Qui ? Quoi ?

– Dis, maman, personne ne va faire de mal à Baptiste ?

– Pourquoi ? Pourquoi tu…

Charité s'interrompit, le visage rouge. Elle prit une grande inspiration et se mit à hurler :

– MONSIEUR LE MAIRE !

*
* *

Le radiotélescope luisait sous les rayons lunaires. Le petit lapin blanc reposait calmement dans les bras de Chandra, le dieu de la Lune. Baptiste rêvait. Il rêvait du son du pulsar. Il avait lu, le soir même, que le pulsar PSR 1937 + 21 (ce n'était pas un nom très poétique) émettait un *mi* bémol aigu. Quelle note jouerait leur pulsar s'il se décidait à passer au méridien de leur radiotélescope ? L'amplificateur, dans le bureau, serait-il assez puissant pour transmettre un son quelconque dans les haut-parleurs ? Baptiste se retourna, toussa mais ne se réveilla pas.

La plume de la table traçante gribouillait des zigzags de plus en plus vite. Le papier se déchirait par endroits. La plume s'échauffa, devint rouge comme une cerise et le papier prit feu. Les flammes gagnèrent les notes et les livres épars. La fumée s'épaissit, monta en volutes par l'étroit escalier. Les vapeurs toxiques avaient déjà envahi le bureau. M. Nathan étouffait dans son sommeil, une crise de toux le réveilla enfin. Son regard se posa sur l'enregistreur en feu et il comprit.

– Baptiste ! appela-t-il.

Il essaya de se lever, s'effondra sur le sol. Il se traîna vers les marches, vers l'air, vers la vie. Il ne les atteignit pas.

– Baptiste...

Mais Baptiste ne pouvait pas l'entendre.

*
* *

Manzoni enfilait son pantalon tout en courant derrière sa femme. Sur la place, François assistait à la scène en rigolant doucement. Le curé apparut à son tour, finissant de boutonner sa chemise. Lucie, sur le pas de la porte, applaudissait sa mère.

– Va te coucher ! ordonna son père.

– Charité ! cria le curé. Qu'est-ce que tu fais avec ce fusil ?

– Vas-y, maman ! T'es la meilleure ! encourageait Lucie.

– Au lit ! hurla le maire.

François resserra son écharpe autour du cou et se dit qu'il pouvait rentrer chez lui maintenant.

Puisque Charité avait pris les choses en main, tout irait bien.

– Vas-y, maman ! répéta Lucie, une dernière fois.

Puis elle ferma précipitamment la porte quand son père lui jeta un regard furieux.

– Charité, reviens ici ! dit le curé.

– Certainement pas ! répondit Charité en montant dans sa voiture.

Elle démarra en trombe, laissant son mari en plan.

– Ben, ça alors ! s'exclama le maire. Elle est partie sans moi !

– Venez ! proposa le curé. Il vaut mieux la rattraper !

La voiture du curé était un de ces « pots de yaourt » italiens qui faisait des caprices.

– Allez, ma vieille, souffla-t-il, ce n'est pas le moment de me laisser tomber…

– Plaît-il ? demanda Manzoni.

– Je parlais à ma voiture.

Cette nuit-là, il y avait un ange de service pour les vieilles bagnoles. Le moteur hoqueta puis se mit à ronronner.

– J'espère que le fusil n'est pas chargé ?

– Que si ! répondit Manzoni. Je l'ai vue mettre les cartouches dedans !

– Bon Dieu ! Pardonnez-moi, Seigneur ! Il y a des fois où il est utile de jurer !

Les feux arrière de la voiture de Charité avaient déjà disparu dans la nuit.

*
* *

Rivette était passé à pied par la crête. Il n'avait pas l'intention de se mêler aux autres, mais il voulait assister à la scène. Il connaissait chaque caillou, chaque arbre du pays. La lune était haute et claire, il n'avait pas besoin de lampe. Il arriva le premier sur les lieux. Il descendit vers le bois et resta là, à la lisière du plateau.

Des phares éclairèrent le chemin de l'observatoire, projetant des ombres mouvantes sur le radiotélescope. Quatre voitures longèrent le plateau et s'arrêtèrent au niveau de la cinquième rangée de poteaux. Théodore en tête, suivi de Castelnac le menuisier et de l'autre berger, s'avança résolument vers la construction.

– Allons-y, les gars ! cria Théodore. À vos pioches !

Le premier poteau s'abattit, cassé à la base. C'était facile. Ils s'attaquèrent aux deux alignements à leur portée.

– Il y a du courant ? demanda un des saboteurs, inquiet.

– Cogne dans le bois, tu ne risques rien ! répondit Castelnac.

– Quand même, faites gaffe aux câbles ! dit Théodore.

Il n'y avait aucune réaction du côté de l'observatoire. Personne ne regardait vraiment par là. Ils s'amusaient trop ! De nouveau, le chemin fut éclairé. Théodore se retourna pour voir qui arrivait.

– Merde, la voiture du maire !

Charité ne prit pas la peine de mettre le frein et sortit du véhicule, le fusil à la main.

– Charité ! Qu'est-ce que tu fais ? Au secours !

Charité pointa l'arme sur eux, ils poussèrent des cris.

Au dernier moment, elle leva le canon et tira vers le ciel étoilé.

– Tout le monde ici, en rang ! hurla-t-elle. Et le premier qui proteste, je le plombe !

Le pot de yaourt du curé cahota sur le plateau et stoppa à sa hauteur.

– Ouf ! souffla Castelnac. Monsieur le maire, faites quelque chose !

Manzoni s'approcha de sa femme mais n'osa pas l'affronter.

– Et maintenant, dit Charité, qui a eu cette brillante idée, hum ? Des noms, ou vous êtes tous punis !

– Elle se croit à l'école, ma parole ! dit quelqu'un.

– Qui a parlé ? cria Charité. On se tait quand je parle !

– Charité, dit le curé doucement. Si tu abaissais ce fusil ?

– J'ai très envie de faire un carton ! Alors ? Qui peut m'expliquer ce qui se passe, ici ? Hum, voyons... Toi, Théodore, tu as l'air d'un cancre qui n'a pas appris sa leçon !

– Mais... mais, bégaya Théodore, ce n'est pas de notre faute. C'est leur foutu machin qui prend au piège les moutons !

– C'est une excuse, ça ? tonna Charité. Vous n'avez pas honte, espèces de grands couillons !

– C'est pas nous, répondit Castelnac. C'est Rivette qui a dit que c'était l'œuvre du diable !

– Rivette ! s'exclama Charité. J'aurais dû m'en douter ! Et vous, vous croyez n'importe quoi, pauvres imbéciles !

Le berger pointa son doigt vers la lisière de la forêt.

– Là ! Il est là, je le vois !

À l'énoncé de son nom, Rivette avait jugé pressant de se retirer. Mais son mouvement de retrait le découvrit aux yeux des autres. Charité partit à grands pas dans sa direction, le menaçant de son fusil.

– Si tu fais un geste, Rivette, je te tue !

Rivette s'immobilisa, fasciné par sa fureur. Le curé courut après Charité et ce fut bien le seul.

– Charité, ne fais pas de bêtises, par pitié ! implora le curé.

– Tu es belle, Charité ! dit Rivette, malgré lui.

Charité éjecta la cartouche vide et réarma.

– Disparais ! répondit-elle. Disparais pour toujours ! Si jamais je te revois par ici, je jure devant

Dieu que je t'enverrai en enfer, dussé-je m'y retrouver moi-même !

Rivette sourit, regarda Charité passionnément pour s'emplir de son image, pour la dernière fois.

– Il n'y aurait pas d'enfer si tu y étais... murmura-t-il.

Il pivota sur ses talons et s'enfuit. Le curé s'épongea le front avec son grand mouchoir à carreaux.

– Allons, allons, tout le monde chez soi ! commanda-t-il.

– Vous ne trouvez pas qu'il y a une drôle d'odeur ? remarqua soudain Théodore.

– Il y a de la fumée dans l'observatoire ! s'écria Manzoni. Vous... vous n'avez pas mis le feu quand même ?

– Mais non ! protesta Théodore.

– Un court-circuit ? Oh non ! dit l'autre berger. On a dû abîmer les câbles !

Charité jeta son fusil par terre et courut vers l'observatoire. Elle eut un mouvement de recul sur le seuil tant la fumée était épaisse. Le curé la saisit par le bras et la repoussa en arrière.

– Ça, ce n'est pas pour toi ! Reste là !

Il respira profondément, retint son souffle et se précipita à l'intérieur. Le maire dut prendre sa femme à bras-le-corps pour l'empêcher de le suivre. Le berger entra à son tour. Le curé buta sur Baptiste. Il le souleva sous les aisselles et le traîna dehors. Intoxiqué par les vapeurs, Baptiste n'avait plus toute sa conscience. L'air frais le ranima brusquement. Il toussa, s'étouffa à moitié. Le berger ressortit.

– On peut pas... souffla-t-il, aller plus loin...

– M. Nathan ! hurla Baptiste.

Les yeux humides, le curé posa sa main sur son épaule.

– Mon petit, on ne peut rien faire...

– Ce n'est pas vrai !

Baptiste se releva, les observa, ne comprenant pas ce qu'ils faisaient tous là. Et puis, comme ils ne réagissaient pas, il leur échappa d'un coup de reins et s'enfonça dans la fumée brûlante.

– Non ! hurla Charité.

Le curé soupira mais suivit Baptiste. Il l'aperçut descendant l'escalier. Le bureau s'était transformé en fournaise. M. Nathan était allongé au pied de l'escalier, épargné par les flammes. Baptiste se pencha vers lui, essaya de le soulever. Il le lâcha, chercha autour de lui. Sous la pile des vieux *Tintin*, il repéra l'album de photos. Le feu avait déjà roussi la couverture, mais le cuir n'avait pas flambé. Il s'en empara et alla aider le curé à porter l'astronome inerte.

Charité les vit réapparaître avec soulagement.

– Lâche-moi maintenant, Manzoni ! ordonna-t-elle.

– Que quelqu'un ferme la porte, dit le curé. Par chance, la coupole n'est pas ouverte. Si l'air manque, le feu s'éteindra de lui-même.

Charité écoutait le cœur de l'astronome.

– Il est mort ? demanda Castelnac.

– Non, répondit-elle. Il faut l'emmener à l'hôpital.

Le curé s'agenouilla près du corps et pria. Baptiste tenait la main du vieil homme.

– Ne me quittez pas, s'il vous plaît... gémit-il.

Les paupières de M. Nathan frémirent et lentement il ouvrit les yeux. Il ne vit que Baptiste.

– C'est lui... dit-il. C'est lui...

– Lui qui ?

– Le pulsar... Il est passé... tellement vite...

L'aiguille s'est enflammée quand il est passé, Baptiste... Il est là... Juste là, au-dessus...

Il fut pris d'une violente quinte de toux.

– Il ne faut pas qu'il parle ! remarqua Manzoni.

M. Nathan se redressa tout à coup, s'accrocha aux épaules de Baptiste.

– Tu as compris ? C'est lui qui a mis le feu !

Il retomba en arrière et un sourire heureux éclaira son visage.

– Ah, quelle belle vie j'ai eue... dit l'astronome.

Et, à l'instant même où Gabriel Nathan partait rejoindre Cécile, les lentilles de la lunette craquèrent sourdement, se fendillèrent puis éclatèrent en une myriade d'étoiles de verre.

*
* *

Le curé avait fait un beau concert d'orgue pour l'enterrement de M. Nathan. Et un beau discours dans le cimetière. Mais cela, Baptiste s'en moquait. Il avait tout perdu. L'observatoire était dévasté, les instruments, les objets de valeur et même la lunette étaient détruits. Il ne restait que les murs noircis de suie qui dégageaient une odeur insupportable. Le radiotélescope aussi était en miettes.

Baptiste n'avait nulle part où aller désormais. Il traînait devant la tombe de l'astronome, indécis.

Charité vint le chercher.

– Qu'est-ce que tu vas faire, maintenant ? lui demanda-t-elle.

– Rien. Retourner à la Charcuterie Principale !

– Tu es le bienvenu chez moi.

– Non. Non, merci.

– Ne dis pas non. Lucie ne me le pardonnerait jamais ! Et puis, nous avons des choses à faire, toi et moi.

– Comme quoi ?

– Eh bien... il faut que je te prépare pour le bac !

– Le bac ? Je ne comprends pas.

– Mais si, voyons... Je t'ai inscrit aux cours par correspondance. Et tu peux me faire confiance. Je n'ai pas été institutrice pendant trente ans pour des prunes ! J'ai fait passer le bac à mes trois aînés, je suis rodée !

– Mais je ne suis pas doué...

– Pas de mauvaises excuses, jeune homme ! Tu

vas obéir ou je te botte les fesses, non mais sans blague !

– Je ne vais pas m'installer chez vous. Que dirait M. le maire ?

– Manquerait plus qu'il trouve à y redire, celui-là ! Et puis, il y a de la place. Mes trois grands sont à l'université, la quatrième en pension. J'ai deux chambres vides et ça me fout le cafard par moments. L'ennui, avec les enfants, c'est qu'on a envie de s'en débarrasser quand ils sont là, et quand ils n'y sont plus, on voudrait qu'ils reviennent !

– Vous êtes tellement gentilles, vous et Lucie. Ça me fait mal.

Charité lui serra le bras. Baptiste était au bord des larmes.

– Il ne faut pas que tu restes seul. Et il faut que tu t'occupes l'esprit. Tu as des amis, ici, ne l'oublie pas.

– Je crois qu'il serait bien que je travaille. Je vais nettoyer l'observatoire et... et je me demande à qui il appartient maintenant. Ce serait dommage qu'il soit abandonné. Évidemment, il faudrait remplacer les lentilles.

– J'ai bien peur que cela ne coûte une fortune.

– Je sais. C'est bizarre, tout de même. M. Nathan était sûr que le pulsar était là et... et... et c'est lui qui a tout détruit. C'est lui qui l'a tué.

– M. Nathan était très vieux. Il fallait qu'il meure un jour. Je pense qu'il est mort comme il le voulait. Avec une étoile !

Charité emmena Baptiste hors du cimetière. Ils marchèrent en silence quelque temps.

– Et l'homme que vous appelez Rivette, qu'est-il devenu ?

– Disparu, répondit Charité. Il paraît qu'on l'a aperçu au domaine des Châtaigniers. Il est parti. J'espère !

– Mais qu'est-ce qu'il nous voulait, enfin ?

– Il y a des gens qui sont méchants. C'est leur nature. Ce sont tous des malheureux, il faut leur pardonner.

– Vous lui avez pardonné, vous ?

– Bien obligée, dit Charité en riant. Le curé m'a confessée de force !

Baptiste lui sourit puis la quitta pour rentrer à l'observatoire.

*
* *

Baptiste avait lessivé les murs tant bien que mal. Il avait vidé le bureau, jeté tous les objets brûlés. Certains des instruments métalliques avaient tenu le coup. Il avait essayé de les nettoyer, mais ils restaient noirs et tordus. Il les laissa dans le bureau. Le plus triste, c'était la lunette. L'acier, bien sûr, n'avait pas été endommagé, mais sans les lentilles, ce n'était plus qu'une épave inutile.

Baptiste contemplait le radiotélescope, les poteaux abattus, les fils arrachés. Il n'allait pas rester là. Il n'avait plus rien à faire. Il allait monter sur son scooter lorsqu'une voiture inconnue déboucha sur le plateau. Un homme assez âgé en sortit, coiffé d'un canotier. Il se présenta devant Baptiste, leva élégamment son chapeau pour le saluer.

– Baptiste Rousseau ? demanda-t-il.

– Heu, oui. C'est moi.

– Enchanté. Maître Moulin, notaire.

Chapitre 13

Le regard brun de Cécile lui semblait plus sérieux que d'habitude, presque identique à celui de la Belle Ferronnière. Mais la photo avait été roussie par les flammes. Peut-être n'était-ce qu'une illusion. Cécile ne répondit pas à sa question. « C'est à toi de décider tout seul, Baptiste. »

La visite de maître Moulin avait plongé Baptiste dans la perplexité la plus profonde. Il n'avait pas encore tout à fait compris ce qu'il lui arrivait. Héritier. Héritier de M. Nathan. Il avait tout. L'observatoire, le tiers de Saint-Cyprien, les terres arables et même des lieux en friche, quelque part du côté de la ville. M. Nathan avait été riche sans s'en préoccuper vraiment. Comme les choses sont étranges, parfois. S'il l'avait voulu, M. Nathan aurait pu faire construire son radiotélescope avec tout son argent. Mais non. Il avait attendu qu'un jeune garçon, sourd et ignorant, frappe à sa porte. Il l'avait fait trimer comme un âne et pourquoi ?

Baptiste contempla la photo du père de M. Nathan. Ses yeux clairs et ironiques... Bien sûr. M. Nathan, comme son père avant lui, voulait un héritier digne de ce nom. *L'amour, c'est croire en l'autre.* M. Nathan se moquait de l'argent, il désirait transmettre son savoir. Et c'était tombé sur lui. Charité avait raison: il devait passer son bac et se montrer à la hauteur de son héritage.

Maître Moulin lui avait fait part d'une offre intéressante d'une compagnie immobilière. Ces terrains à l'abandon près de la ville étaient convoités depuis longtemps, mais l'astronome avait toujours refusé de vendre pour une raison inconnue. («Pour emmerder le monde», pensa Baptiste.) Le prix proposé se chiffrait en millions. C'était considérable, à tel point que Baptiste ne pouvait même pas imaginer ce que représentait ce nombre avec plein de zéros. Mais il avait accepté de vendre. Il se moquait bien d'être riche. Ce qu'il voulait, c'était remplacer les lentilles de la lunette. Et, renseignements pris auprès d'une entreprise d'optique spécialisée, il lui faudrait autant de zéros à aligner sur le chèque. En revanche, il n'avait pas voulu augmenter les loyers de Saint-Cyprien. Maître Moulin avait bien essayé de le persuader : pourquoi être aussi généreux avec ces gens qui ne lui avaient causé que du tort ? Oui, pourquoi, maître Moulin... Parce que le destin vous joue de curieux tours. S'ils n'étaient pas venus, ce soir-là, pour casser quelques poteaux, Baptiste serait certainement mort, asphyxié par les vapeurs.

Et voilà, Cécile. Baptiste avait pardonné à Saint-Cyprien. Mais il lui restait une petite chose à faire, à la manière de M. Nathan.

*
* *

Le maire triturait son mouchoir en papier. Charité retenait mal son envie de rire. Lucie passa dans le couloir en chantant à tue-tête.

– Lucie ! tonna le maire. Vas-tu te taire ?

Et Lucie de reprendre encore plus fort : « Vivre, vivre passionnément, en ne se battant seulement qu'avec les feux de la tendresse*... »

– Heu... reprit le maire, nous disions donc ?

Baptiste, nerveux au début de la conversation,

* *Perlimpinpin*, Barbara.

se sentait maintenant très sûr de lui. L'embarras du maire y était pour beaucoup mais, plus encore, le sourire confiant de Charité.

– Je ne demande qu'une réparation, dit Baptiste. Les casseurs seront les payeurs.

– Personne ne roule sur l'or, ici, répondit le maire.

– Je le sais. Un réajustement des loyers coûterait plus que de replanter des poteaux.

– Ah bon ? dit le maire, soulagé. Si ce n'est que cela !

– Rebrancher les lignes, aussi.

– Bien sûr, bien sûr.

– Remplacer l'équipement.

– Le… ? Quel équipement ?

– Les appareils. L'ordinateur, les haut-parleurs.

– Ah mais non ! protesta le maire. Nous ne sommes pas responsables de l'incendie !

– Les loyers, monsieur le maire, les loyers… souffla Charité.

Le maire jeta un regard noir à sa femme.

– Ça va faire un sacré trou dans le budget de la commune !

– Mais non, répondit Baptiste. Ça ne va pas très loin. Quelques milliers de francs.

– T'as qu'à lever un impôt spécial, monsieur le maire, proposa Charité en riant.

– Tu n'as pas de cuisine à faire? répliqua le maire.

– Non, on ne mange pas aujourd'hui.

Le maire poussa un soupir de découragement et grommela quelque chose comme: «Je vais voir ce que je peux faire.»

Du fond du couloir, Lucie hurla un «bravo, Baptiste!» que le jeune homme n'entendit évidemment pas, mais qui réjouit Charité.

*
* *

François et ses joueurs de cartes s'étaient installés sur le plateau, à l'ombre des feuillus. Lucie se balançait sur la musique de Barbara, diffusée dans son baladeur. Le curé était venu, lui aussi.

– Allez, mes chers frères, du nerf! encourageait-il. La rédemption dans le travail! Quelle belle chose!

Les bergers, le menuisier et les autres coupables lui auraient volontiers tapé sur la tête pour le faire taire. Ils se vengeaient en creusant des trous. M. le maire avait retroussé ses manches et donnait l'exemple. L'électricien du village avait été mis à contribution et changeait les câbles.

– C'est mou, tout ça ! lança François.

Les vieux joueurs de cartes rigolèrent. Charité avait carrément emmené son pique-nique et nourrissait la moitié du pays en visite sur le plateau. Le patron du café, un peu contrit, faisait le sacrifice de quelques bouteilles de gros rouge. Baptiste se sentait l'âme d'un général et commandait à tout le monde.

– On dirait une fête, remarqua Lucie.

– Mais oui ! s'écria Charité. C'est exactement ça ! Quelle idée superbe, Lucie ! Nous allons faire une fête. Monsieur le curé !

Le curé se retourna et vint vers elle à son appel.

– Sincèrement, vous croyez qu'il va marcher, son radiotélescope ? lui demanda-t-elle.

– Je l'ignore, mais pourquoi pas ?

– Parce que cela serait grandiose si tous, ici, nous participions.

– Je ne vous suis pas, très chère.

– Une veillée. On attendrait avec Baptiste que son étoile passe. On ferait un buffet et puis de la musique et puis...

– Holà ! Ne nous emballons pas !

– Au contraire ! Amusons-nous tous ensemble ! Ce serait la meilleure façon de nous réconcilier.

Le curé réfléchit et un sourire se dessina sur ses lèvres.

– Je vais parler à Baptiste, décida-t-il.

*
* *

Ce dimanche-là, le curé fit le plus beau sermon de toute sa vie. Il parla de la différence, de l'amitié des hommes et de l'amour de Dieu. Et il termina en donnant rendez-vous à toutes ses ouailles le soir même, près de l'observatoire. Sur sa chaise, Baptiste se morfondait. C'était facile pour les autres. Ils venaient pour faire la fête. Très bien. Mais si cela ratait ? Baptiste mesurait l'étendue de son ignorance. Même si les notes de M. Nathan n'avaient pas brûlé, il n'aurait pas pu les comprendre. Dire que, dans le village, il y en avait qui commençaient à l'appeler M. l'astronome! Quelle ironie! Il avait fallu que l'électricien fasse tout le travail à sa place. Non pas qu'il s'y connaisse en ordinateur ou en table traçante... Mais il en savait plus que Baptiste. Qui, lui, ne savait rien. Son savoir se limitait à une chose: il n'y avait aucune assurance que le pulsar soit là. Oh, il ne doutait pas qu'il y en ait un dans le ciel, au-dessus de Saint-Cyprien. Non. Sa crainte, c'était qu'il ne passe pas cette nuit-là. Car les pulsars, plus réguliers que des horloges, suivaient des rythmes très personnels. Et la période de celui-là était inconnue, tout simplement. Il pouvait se taire pendant des semaines ou être bavard pendant trois jours. La seule donnée que possédait Baptiste, c'était qu'il viendrait aux alentours de deux heures du matin. S'il venait. Il y avait une petite consolation, malgré tout: on était le 12 juillet, et ce soir serait l'apothéose de l'essaim de météorites des Géminides. Au moins, ils pourraient admirer les étoiles filantes.

Les voitures faisaient la navette entre le village et l'observatoire, pleines à craquer. Là, des tréteaux, ici, des casiers de bouteilles ou encore des baguettes de pain. Baptiste se sentait bien seul au milieu de toute cette agitation. Il imagina M. Nathan dans la même situation. Il ne les aurait jamais laissés envahir son domaine. Mais bon. Il n'était pas M. Nathan. Baptiste regarda les broussailles roussies par le soleil. Cela lui rappela tristement l'incendie. Il s'assit par terre, ferma les yeux pour oublier la foule. Une petite main vint tapoter son épaule. Lucie lui souriait.

– Tu es fatigué ? demanda-t-elle.

– Non. Je suis inquiet.

– Y a pas de raison. J'ai fait une prière au Bon Dieu.

– Je ne sais pas si cela sera suffisant.

– Bien sûr que si ! s'indigna Lucie. Quand j'ai perdu ma poupée Séraphine, saint Antoine me l'a tout de suite retrouvée ! Et le Bon Dieu, il est beaucoup plus fort que saint Antoine !

Lucie s'installa près de lui.

– Et puis, il n'y a pas que ça, continua-t-elle. Il y a des gens qui pensent que l'âme des morts se change en étoile pour guider les vivants. Si c'est vrai, M. Nathan veille sur toi de là-haut.

Baptiste leva les yeux vers le ciel toujours clair. Le soleil glissa sous la ligne de crête, lançant ses derniers rayons dorés sur la forêt.

*
* *

– On a quand même fait un sacré bon boulot, dit Castelnac, le menuisier, en admirant le radiotélescope.

L'électricien, embarrassé avec ses fils et ses câbles, ne daigna pas lui répondre. Il avait trop à faire avec les haut-parleurs à brancher sur l'amplificateur. Il doutait que le son soit assez fort, mais il gardait ses réflexions pour lui. Il avait eu une brillante idée, cependant. Il avait ajouté un casque pour Baptiste. Ce qui l'intriguait le plus, c'était la table traçante. Dire qu'un petit bidule comme ça avait mis le feu à tout l'observatoire.

Le brigadier-chef Adam surveillait le buffet. Il ne tenait pas à ce que certains boivent trop. Le curé maniait avec dextérité les assiettes en carton et les verres en plastique. Il n'y avait que Baptiste qui ne mangeait pas.

– Oh, une étoile filante ! cria quelqu'un.

– Là, une autre !

Baptiste entra dans l'observatoire pour leur échapper. Il resta dans le noir et la vague odeur de suie qui traînait encore. Dehors, les villageois s'étaient, pour la plupart, allongés par terre pour regarder la pluie de météorites. Eux, ils étaient contents.

L'électricien avait abandonné son poste pour se faire une petite assiette de salade composée avec deux tranches de rosbif. Les vieux joueurs de cartes ne s'intéressaient qu'à leur partie. Le premier frétillement de l'aiguille passa inaperçu.

– Alors, François, tu me la mets, cette carte, oui ?

– Vous n'avez pas entendu un bruit bizarre ? demanda François.

– Il y a beaucoup de bruits bizarres dans le coin, répliqua son partenaire.

François resserra son écharpe, par habitude plus que pas nécessité, et joua le roi de cœur.

« Frrritch. » François sursauta. Les autres joueurs se retournèrent en bloc. La petite aiguille traçait des zigzags sur le rouleau de papier.

– Eh, quelqu'un ! appela François. Charité ! Mais où il est, le gamin, bon sang de bois ?

De derrière les carcasses de poulet, Charité surprit le soudain remue-ménage du côté de l'observatoire. Elle accourut aussitôt, entraînant l'électricien, la fourchette à la bouche.

L'aiguille faisait des pics moins accentués mais allait de plus en plus vite.

– Vous croyez que c'est le moment ? demanda-t-elle à l'électricien.

– Mais qu'est-ce que j'en sais, moi ? répondit-il en attaquant le rosbif.

– Baptiste ! Baptiste !

– Il est dans l'observatoire, maman, dit Lucie. Je vais le chercher.

Le curé, le maire, Franchet et les gens du pays commencèrent à faire cercle autour des appareils.

– C'est quand même étonnant, remarqua le curé.

– Et c'est vraiment une étoile qui parle ? demanda Franchet.

– Quelle connerie, grommela Théodore. Les étoiles ne parlent pas.

Ils firent brusquement silence. Lucie amenait Baptiste en le tenant par la main. Baptiste s'arrêta devant l'enregistreur, fasciné par l'accélération frénétique de l'aiguille. Le papier se déchira, la plume devint rouge.

– Eh! attention, ça va prendre feu! s'écria Franchet.

L'électricien se précipita pour débrancher l'aiguille.

– Et alors, c'est tout? souffla quelqu'un.

Charité se secoua.

– Mais non! Laissez donc votre salade, vous! Occupez-vous du son!

L'électricien haussa les épaules.

– Tout est allumé. Y a rien à entendre. C'est bien ce que je pensais, c'est pas assez puissant.

Charité était horriblement déçue. Elle n'osait pas regarder le visage de Baptiste. Personne n'avait le courage de dire quelque chose. Baptiste était immobile. «Frappé par la foudre», pensa le curé. Et puis, lentement, Baptiste se pencha vers le sol, ramassa une prise et la raccorda.

– Vous avez oublié l'amplificateur, dit-il calmement.

Il mit le casque sur ses oreilles. Ses oreilles sourdes. Il appuya sur le bouton «entrée de casque». Il voulait que ce moment soit à lui, uniquement.

Cela vibrait dans ses dents. Il se souvint de la sensation du diapason dans la bouche. Il avait l'impression que les os de son crâne se déplaçaient sous la peau. Il écouta.

Une suite de petits déclics... Une succession régulière et rapide d'impulsions qui le transperçaient. Son corps parlait, conversait avec l'étoile qui lui répondait avec son tic-tac d'horloge.

Charité se mit à pleurer.

Merci d'être venu. Je sais maintenant qu'il y a, pour moi, un phare dans ce ciel immense et que je ne serai plus jamais seul.

Une météorite traversa l'obscurité. Baptiste leva les yeux vers la voûte céleste. Il tendit le bras.

Et tout le monde vit que, du bout de ses doigts, il touchait les étoiles.